# Daphnis

Salomon Geßner

# Impressum

Autor: Salomon Geßner
Umschlagkonzept: toepferschumann, Berlin

Verlag: tradition GmbH, Hamburg
ISBN: 978-3-8424-0507-3
Printed in Germany

Ziel der TREDITION CLASSICS ist es, tausende deutsch- und fremdsprachige Klassiker wieder in Buchform verfügbar zu machen. Die Werke wurden eingescannt und digitalisiert. Dadurch können etwaige Fehler nicht komplett ausgeschlossen werden. Unsere Kooperationspartner und wir von tredition versuchen, die Werke bestmöglich zu bearbeiten. Sollten Sie trotzdem einen Fehler finden, bitten wir diesen zu entschuldigen. Die Rechtschreibung der Originalausgabe wurde unverändert übernommen. Daher können sich hinsichtlich der Schreibweise Widersprüche zu der heutigen Rechtschreibung ergeben.

Tucholsky  Wagner  Zola  Scott  Sydow  Freud  Schlegel
Turgenev  Fonatne  Wallace  Walther von der Vogelweide  Fouqué  Friedrich II. von Preußen
Twain  Weber  Freiligrath  Frey
Fechner  Fichte  Weiße Rose  von Fallersleben  Kant  Ernst  Frommel
Richthofen
Engels  Fielding  Hölderlin  Dumas
Fehrs  Faber  Flaubert  Eichendorff  Tacitus
Eliasberg  Ebner Eschenbach
Feuerbach  Maximilian I. von Habsburg  Fock  Eliot  Zweig
Ewald  Vergil
Goethe  Elisabeth von Österreich  London
Mendelssohn  Balzac  Shakespeare  Dostojewski  Ganghofer
Lichtenberg  Rathenau  Doyle  Gjellerup
Trackl  Stevenson  Tolstoi  Hambruch
Mommsen  Lenz  Droste-Hülshoff
Thoma  von Arnim  Hanrieder
Dach  Verne  Hägele  Hauff  Humboldt
Karrillon  Reuter  Rousseau  Hagen  Hauptmann  Gautier
Garschin
Damaschke  Defoe  Hebbel  Baudelaire
Descartes  Hegel  Kussmaul  Herder
Wolfram von Eschenbach  Schopenhauer  Rilke  George
Bronner  Darwin  Melville  Grimm  Jerome  Bebel
Campe  Horváth  Aristoteles  Proust
Bismarck  Vigny  Barlach  Voltaire  Federer  Herodot
Gengenbach  Heine
Storm  Casanova  Tersteegen  Grillparzer  Georgy
Chamberlain  Lessing  Langbein  Gilm
Brentano  Lafontaine  Gryphius
Strachwitz  Claudius  Schiller  Kralik  Iffland  Sokrates
Bellamy  Schilling
Katharina II. von Rußland  Gerstäcker  Raabe  Gibbon  Tschechow
Löns  Hesse  Hoffmann  Gogol  Wilde  Vulpius
Luther  Heym  Hofmannsthal  Klee  Hölty  Morgenstern  Gleim
Roth  Heyse  Klopstock  Kleist  Goedicke
Luxemburg  Puschkin  Homer  Mörike
Machiavelli  La Roche  Horaz  Musil
Navarra  Aurel  Musset  Kierkegaard  Kraft  Kraus
Nestroy  Marie de France  Lamprecht  Kind  Kirchhoff  Hugo  Moltke
Nietzsche  Nansen  Laotse  Ipsen  Liebknecht
Marx  Lassalle  Gorki  Klett  Ringelnatz
von Ossietzky  May  vom Stein  Lawrence  Leibniz  Irving
Petalozzi  Knigge
Platon  Kafka
Sachs  Poe  Pückler  Michelangelo  Kock
Liebermann  Korolenko
de Sade  Praetorius  Mistral  Zetkin

Der Verlag tradition aus Hamburg veröffentlicht in der Reihe **TREDITION CLASSICS** Werke aus mehr als zwei Jahrtausenden. Diese waren zu einem Großteil vergriffen oder nur noch antiquarisch erhältlich.

Symbolfigur für **TREDITION CLASSICS** ist Johannes Gutenberg (1400 — 1468), der Erfinder des Buchdrucks mit Metalllettern und der Druckerpresse.

Mit der Buchreihe **TREDITION CLASSICS** verfolgt tradition das Ziel, tausende Klassiker der Weltliteratur verschiedener Sprachen wieder als gedruckte Bücher aufzulegen – und das weltweit!

Die Buchreihe dient zur Bewahrung der Literatur und Förderung der Kultur. Sie trägt so dazu bei, dass viele tausend Werke nicht in Vergessenheit geraten.

Salomon Geßner

# DAPHNIS

Zürich bei Orell, Geßner, u. Comp. 1762

*Me juvat in Gremio doctæ legisse puellæ*
*Auribus & puris Scripta probasse mea.*
*Hæc ubi contigerint, Populi confusa valeto*
*Fabula, nam Dominâ Judice tutus ero.*

Propert. Lib. II.

MEIN HERR!

*WIe, Sie kœnnen izt in der Stadt bleiben, izt da der Fryhling kommt? Wollen Sie nicht sehen, wie die Bæume blyhen, und wie die Wiesen sich schmyken? Kommen Sie doch zu uns auf das Land; Sie werden den Fryhling sehen, und mich. Wenn Sie nun nicht kommen, so werd ich recht bœse auf Sie; ich bin es so schon halb. Die Frau N. hat mir gesagt, Sie haben einen Daphnis geschrieben; und ich, mein Geheimniß-reicher Herr! ich muß davon nichts wissen. Sie haben doch gesehen, daß mir Ihr leztes Lied recht sehr wol gefallen hat; ich sing es immer. Verzweifelt! (sagt die Frau von ***) Sie singen doch immer das gleiche, wie die Amsel des Herrn B. Lezthin sang ichs beym Mond-Schein in der Wiese, und war recht froh dabey. Da hub die Nachtigall an, und da mußt ich doch schweigen, so gern ich mich selbst singen hœre. Kommen Sie den kynftigen Donnerstag gewiß, ich will Sie auf den Abend in der Laube erwarten; aber bringen Sie den Daphnis mit, oder ich bin mein Lebtag nicht mehr*

Ihre Freundin.

MADEMOISELLE!

*WEr kœnnte Ihnen auf solche Drohungen nicht gehorchen? Hier haben Sie den Daphnis, und zwar gedrukt; und die Beantwortung Ihres Briefs ist so* gar eine Zueignungs-Schrift. Wem hætte ich ihn anders zueignen kœnnen, als Ihnen? da mir an Ihrem Beyfall das meiste gelegen ist, und ich (ich muß es nur sagen) Ihnen allein zu danken habe, wenn Sie die Liebe nach der Natur geschildert finden. Ja wann ich an die Phillis dachte, dann dacht ich an Sie, und ich war dann Daphnis, ein glyklicher Einfall fyr mich, den kleinen Roman zu schreiben; es war immer ein angenehmer Traum, der mir Ihre Abwesenheit zuweilen ertræglich machte. Welch ein angenehmes Entzyken, mich so wachend mit Ihnen in Træume zu verlieren!

Aber die Frau N. muß doch geschwazt haben. Ich hab sie recht sehr ersucht, ihnen nichts zu sagen. Ich hætte nicht længer ein Geheimniß daraus gemacht; ich hætt' es ihnen gelesen, und nicht gesagt, daß ich Verfasser bin, bis ich ihr freyes Urtheil gewußt hætte; und so hætte ich dann das Urtheil aller Kenner gewußt.

Uebermorgen, welch Entzyken! ybermorgen werd ich bey Ihnen in der Laube seyn, und Sie und den Fryhling sehen. Aber vergessen Sie ja nicht, daß eine Zueignungs-Schrift wenigstens hundert Kysse werth ist. Leben Sie wol! Ich bin – – –

# DAPHNIS.

## ERSTES BUCH.

AUf dem Fluß Neæthus, der bey den Clibanischen Bergen entspringt, und schnell durch Fluhren unter grynen Gewœlben vorbeyrauscht, und styrmisch Land und Bæume dahinreißt, haben die Hirten eine kleine Insel den Nymphen geheiligt, beschattet von hohen Fichten und Wachholder-Bæumen. Mitten auf der Insel stehet ein Fels mit der Hœle der Nymphen; denn ihre Bilder stehen in selbiger kynstlich in Linden-Holz geschnitten mit ihren Urnen, und mit Schilf-Krænzen ums Haupt. Man sieht diese Gœttinen da mit grynem Haupt-Haar unter den Bæumen wandeln, oder am Ufer leicht daherschwimmen, und dann auf Felsen sich truckenen, und an der Sonne schlummern. Die Wellen spielen da sanft mit den beschæumten Wurzeln der Sarbachen und der Weiden, die rings ums Ufer stehen, und tœnen lieblich wie Lieder.

So oft der junge Fryhling kœmmt, so oft kommen die Hirten mit ihren Mædchen von beyden Ufern, und bringen den Nymphen Blythen von den Bæumen, die yber den Fluß sich wœlben, und Blumen, die an dem Wasser aufblyhen, und bitten die Nymphen, daß sie den Wellen befehlen, daß sie nicht mehr ihr Ufer verschlingen, und Feld und Bæume dahinreissen.

Einst schwamm in einem frohen Lenzen eine ganze Flotte von Nachen von beyden Ufern her, der Insel zu. Auf jedem Nache dekte ein grynes Gewœlb, von wolriechendem Gestræuch und Blumen, die Hirten und die Mædchen, die in selbigem freudig daherfuhren; eine Kette von Blumen schlängelte sich an hohen Stangen, bis an die Spize herauf, wo Bænder und Krænze hoch in der Luft flatterten. Sie fuhren daher, unter dem lieblichen Getœne der Flœten und des Gesanges, und landeten an der Insel. Truppen von Jynglingen und Mædchen stiegen ans Gestad, Mædchen, deren Reiz die Gœttinnen neidisch machte; jedes entzog dem andern die Blike der Gœtter, die aus dem Olymp auf die Wolken heruntergestiegen waren, und die Gœttinnen einsam gelassen hatten. Denn die Schœnheit entzykte hier durch mannigfaltigen Reiz. Einige entzykten durch die schlanke Længe des Leibes, andre durch die Weisse der Stirne und des wallenden Busens; hier entzykte ein ernstes Gesicht wie der Gœttin der Jagd, dort ein Læcheln wie der Venus, hier die reifende Jugend wie die Rose, wann sie aus der Knospe sich drængt, dort die vollen Jahre der Jugend wie die offene Rose. Sie næherten sich Paar bey Paar, traten in die heilige Grotte, und gossen ihre Kœrbchen voll Blumen vor die Fysse der Nymphen hin, und umwanden sie mit Ketten von Blumen, und schmykten sie mit Krænzen. Da trat die junge Phillis hervor, ihre Blumen und Krænze zu bringen; sie war schœn wie die Huld-Gœttinnen, Freude und Unschuld reizten im kleinen Gesicht und in jeder Geberde, ihr braunes Auge læchelte schychtern um sie her, ein unyberwindliches Læcheln, sieghaft wie die Liebe selbst. so steht die junge Rose, die schœnste unter den andern Blumen, die aus dem Gras um sie her aufwachsen; die Biene schwærmt zweifelnd umher, sie winken umsonst, denn sie sieht die Rose, und sucht nicht mehr.

Daphnis, der schœnste Jyngling, durchlief mit flychtigen Bliken die Haufen der Mædchen; sie begegneten tausend redenden Bliken der Mædchen, die ihn læchelnd ansahn, dann sich leise in die Ohren flysterten, dann freundlicher læchelnd ihn wieder ansahn. Da sah er die Phillis, ein Seufzer drængte sich durch seine Brust, und eine Rœthe stieg ins Gesicht, sein Blik blieb unbeweglich bey ihr gefangen; sie sah ihn an, da sank sein Blik zur Erde, sie gieng zuryk und sah ihn schamhaft wieder an; da zitterte Daphnis, sein Herz bebte, er sah ihr schmachtend nach, voll Angst, sein Aug werde sie unter der Menge verlieren, aber sie verlohr sich nicht, sie stuhnd da und sprach nicht mit ihren Gespielen; oft flog ihr Blik zum Daphnis, aber schychtern sank er schnell wieder ins Gras vor ihren Fyssen; oft stuhnd im Gedræng ein længeres Mædchen vor die Phillis hin, dann ward Daphnis bœse, und wenn es zuryk trat, dann lachte sein Auge der Phillis wieder feuriger zu. So lachen die Fluhren, wann der Mond aus Wolken hervorgeht.

Izt waren alle Blumen vor die Fysse der Nymphen hingegossen, und die Hirten hatten die Nymphen mit Krænzen geschmykt, da theilten sich die Mædchen und die Jynglinge in verschiedenen Chœren gegen einander yber, und Daphnis stellte sich gegen der Phillis yber, da sangen die Mædchen je ein Chor nach dem andern Lieder zum Lobe der Nymphen.

»Ihr Nymphen! (sangen sie) die ihr die Hœhlen des Flusses bewohnet, und ihr, Nymphen! die ihr die Urnen von den Felsen-Wænden rauschend herunter giesset, ô seyd mild und gytig den Hirten, die an dem Schilf des Flusses wohnen!

»Wir haben den Fryhling, der an dem Ufer blyhete, von den Bæumen genommen; wir haben dem Ufer die Blumen geraubt, und in die heilige Hœhle gebracht, ihr Nymphen im Fluß und auf den hohen Felsen!

»O Seyd gytig den Hirten, die an dem Schilf des Ufers wohnen! Daß die Wellen die fruchtbaren Bæume nicht rauben, daß sie die Felder und die Wiesen nicht yberschwemmen. Dann kœnnen die Herden am Fluß weiden, dann kœnnt ihr am Ufer im Schatten wandeln, und auf Blumen einhergehn, ihr Nymphen im Fluß und auf den hohen Felsen!

So sangen die Chœre der Mædchen, und die Hirten bliesen lieblich darzu mit ihren Flœten. Aufmerksam horchte Daphnis, ob er den Gesang der Phillis nicht hœren kœnnte, und vergaß zu flœten. –

Izt kam der Mond yber entfernte Hygel, und die Jynglinge und die Mædchen giengen in die Nachen zuryk. Phillis gieng auch zuryk, und sah den Daphnis an; die Dæmmerung machte sie beherzt, sie sah ihn starr an, und seufzte; langsam gieng sie ans Gestad, und sah oft zuryk, und seufzte. Daphnis stuhnd da, und sah ihr mit traurigen Bliken nach, und hætte vergessen in den Nachen zu steigen, wenn die andern Hirten ihn nicht aus dem Taumel aufgewekt hætten; er stieg in den Nachen, sezte sich hin, und sah traurig denen nach, die an das andere Ufer hinyberschwammen. Alles war voll Freude, man hœrte von beyden Seiten ein liebliches Gemische von Liedern und von Flœten, die Echo wiederholte sie den Fluß hinauf an allen Hygeln. Die Jynglinge und die Mædchen, die beym Daphnis im Nachen waren, lachten, und scherzten und sangen; aber Daphnis saß stumm da, und sah nach dem Ufer, und sang nur mit, wann sie ein zærtliches Lied sangen, ganz Gefyhl sang er dann mit.

So stieg er traurig ans Gestad, und gieng nach seiner Hytte. Da trat er hinein zu seinem alten Vater, der freudig seinem Sohn entgegen læchelte, und von dem Fest ihn fragte, und dann erzæhlte, wie oft er gesehen, daß der wilde Fluß das Ufer weggerissen, Bæume voll reifer Frychte auf wytenden Wellen weggetragen, wie er schon

Nachen umgerissen und Hirten ertrænkt hat. Daphnis hœret ihm stillschweigend zu, und geht dann aus der Hytte, und bleibt unter den Bæumen vor seiner Hytte stehen, und sieht die ganze Gegend im dystern Mond-Licht, da steht er traurig und seufzt.

Wie wird mir! (so sagt er leise) was fyhl ich? Warum pochet mein Herz? Und warum seufz ich? Warum konnt' ich dir kein Aug entziehn? Warum war mir so bang, als du weggiengest? Warum ist mir noch bang? Warum schwebst du immer vor mir, schœnstes Mædchen? Ach ich seh dich noch immer, wie deine schwarze Loken halb in den Blumen-Kranz gewikelt waren, wie die andern, die sich los gemacht, lang um deinen Arm, den weissen Arm sich wikelten, oder um den Busen flatterten, ach! um den jungen, aufblyhenden Busen! Und dein braunes Aug! Ich ward unruhig, wenn es andre Schæfer anlachte, und wenn es mich anlachte, dann drang dein Blik gewaltsam in das Innerste meiner Seele. Ach! ich liebe dich. Wie glyklich, wenn auch du mich liebtest! Oft zwar begegneten unsre Blike sich, und dann sahst du zur Erde, wie ich. Wenn auch du mich liebtest! Aber wo bist du? Ach vielleict fern von mir! Dein Bild nur wird immer um mich schweben. Es wird mit mir gehen, wenn ich schlafe und wenn ich wache, dann wird es mit mir hinter der Herde gehen; an dem Bach, in dem Hain wird es mir folgen, ach! vielleict ohne Hofnung, sein Urbild wieder zu sehn!

So sagte Daphnis, dann lehnt er sich an einen Stamm, und sah aufwærts nach dem stillen Mond, und seufzte: so lieblich ist sie, (sagt' er) so schœn wie du, Mond! so schœn gegen den andern Mædchen, wie du gegen den andern Lichtern, die um dich her schimmern. Dann schwieg er wieder und staunt', und seufzt' und redte wechselweise, bis der Schlaf ihn in die Hytte fyhrte. Sein Schlaf war ein Traum von der Phillis, er erwachte, und wollte sie umarmen. Da schlug er die betrogenen Arme traurig zusammen, und seufzte. Die schœne Morgen-Rœthe hatt' ihm sonst Lieder abgelokt; aber izt sang er nicht, er gieng still aus der Hytte, und trieb seine kleine Herde staunend vor sich her auf die Flur. Da fand er die Hirten, die voll Freude beysammen stunden, und von dem Fest der Nymphen erzehlten. Der hatte ein Band aufzuweisen, das ihm ein Mædchen geschenkt hat; ein andrer einen Kranz, den ihm sein Mædchen um den Schlaf wand; und der wies Blumen, die er der Hirtin vom Busen stahl; und ein andrer sang ein neues Lied, das er von einem Mædchen in dem Nache gelernt hat. Daphnis, der ihnen bald zuhœrte, bald unaufmerksam da stund', erzehlt' ihnen; er erzehlte voll Leidenschaft, mit eifrigen Geberden, wie er das schœnste Mædchen gesehen; da lachten die losen Jynglinge, und sagten: Daphnis! du liebest das Mædchen; er wollt' es læugnen, da sahn ihm die Hirten ins Gesicht, er ward schamroth, und da lachten sie noch mehr.

Seine Liebe mehrte sich immer, die Gesellschaft der Hirten ward ihm unangenehm; er fieng an, seine Herde in einsame Gegenden zu treiben, an Bæche, die durchs Gebysch im Schatten rauschen; dann gefiels ihm nicht mehr am Bach, er gieng in den Hain, dann gieng er ans Ufer, und sah an das andre Ufer, und weinte, daß es ihn von seinem Mædchen trennt. So girret und klagt der Dauber, und flattert wehmythig um den Baum her, unter dem ihm der bœse Feldmann die Daube gewyrgt hat. Die Hirten mißten den Daphnis, sie liebten ihn alle; wo ist Daphnis? (sagten sie) wir freuen uns nicht mehr so, seit dem er uns verlæßt, er belebte unsre Freude, er der munterste Hirt, der die meisten Lieder wußte, und am besten die Flœte blies. Die Mædchen fragten auch: wo ist Daphnis? und wenn sie von seiner Liebe hœrten, dann wurden viele von ihnen traurig.

Oft saß Daphnis traurig am Bach oder im Hain, dann sank er wachend in Træume hin; er sah sein Mædchen, er erzehlt ihr seine Liebe, sie wird schamroth, er drykt ihr die Hand, und kyßt sie; sie will fliehn, er umfaßt ihre Knie und weint, sie seufzt und læchelt, sie sezt sich neben ihn, er kyßt sie unersættlich, sie kyßt ihn wieder, er drykt sie an seine Brust; dann drængt sich der traurige Gedanke hervor, daß sein Mædchen fern ist, daß er sie vielleicht nimmer finden wird, dann bebt' er vor Schreken, und weinte, daß die Thrænen wie eine Quelle von den Augen flossen. Dann sucht' er einen Nachen, und fuhr ans andre Ufer und suchte sein Mædchen, lief dem Ufer nach, und stieg auf die Hygel und suchte sein Mædchen, mit forschendem Auge sah er ins Thal, irrte auf den Fluren und an den Bæchen, und kam immer trostlos zuryk. Soll ich dich ewig umsonst suchen? (rief er dann) ewig umsonst! Ich will dich suchen, ich will alle Fluren durchsuchen; in allen Hainen, an allen Bæchen will ich dich suchen. Ach Gœtter! welch ein Glyk, wenn ich dich finde.

Welcher Baum beschattet dich izt, schœnstes Mædchen? (denkt er oft) welcher sanfte Wind kyhlet dich, und spielt mit deinen Loken? Schlummerst du an einer Quelle? fließt sanft, ihr Wellen; stœrt nicht ihren Traum. Ach! wenn sie von mir træumte? Rauschet stark, ihr Wellen, wenn sie von einem andern Hirten træumt! Gœtter! wenn sie von einem andern træumt, wenn sie einen andern liebt, wenn ihr zarter Arm einen andern umfaßt, wenn ein andrer ihre Wangen kyßt! Ach! was bin ich dann? Gœtter! was mach ich dann? Ich will hinfliehn, hinfliehn will ich, in einer Kluft will ich trauern, und dann – ach! und dann trostlos sterben!

Schon von der Zeit der Blyhte bis zu der Ernde-Zeit hatt' ihn die Liebe gepeinigt; alles freute sich izt, nur Daphnis konnte sich nicht freuen. Die braunen Schnitter giengen singend auf das winkende Aehren-Feld, und Daphnis half auch den Schnittern; denn in der Ernde-Zeit wurden die Herden nur wenigen Hirten yberlassen. In langen Reihen giengen sie theils hinter den Aehren her, und mæhten sie vor sich weg, mit der blinkenden Sichel; theils banden sie die Garben zusammen, und wenn der Mittag kam und der Abend, dann sammelten sie sich unter dem Schatten naher Bæume, sich durch Speisen und den kyhlenden Trunk zu erfrischen, und sangen Ernd-Lieder der Ceres, indem der weite Krug herumgieng. Die Schnitter, und die, so die Garben banden, sassen in Reihen gegen einander yber, und dann sangen sie alle.

»Die du mit Aehren dich krænzest, blonde Ceres, habe Dank vor die frohe reiche Ernde, und vors reiffe Korn.« Und dann sangen die, so die Garben banden: »Ihr muntern Schnitter, lehnet euch nicht auf die krumme Sichel hin, daß der, der euch die Garben bindt, nicht dœrfe myssig stehn.« Und dann sangen die Schnitter: »Ihr kyhlen Winde! weichet nicht vom Schnitter auf dem Feld, durchflattert kyhlend unser fliegend Haar bey dieser Sommer-Hiz.« Und dann die, so die Garben banden: »Sing dein ermunterndes und helles Lied, du gryne Heuschrek, die du um uns hypfest; und du, ô grosser Krug, sey nimmer leer, bey dieser Sommer-Hiz!« Und dann sang die Reihe der Schnitter: »Und wenn du, kyhler Abend, kœmmst, findst du das nakte Feld, und wir, wir gehn dann mit Gesang' auf kurzen Stoppeln heim.« Und dann sangen alle: »Die du mit Aehren dich krænzest, blonde Ceres, habe Dank fyr die frohe reiche Ernde, und fyrs reife Korn.

So sangen die Schnitter. Daphnis! (sagten sie dann) du bist nicht froh, du singest nicht. Aber Daphnis seufzt' und schwieg.

Das Feld war izt nakt, der Pflug und der Sæmann giengen izt auf selbigem daher, und die Hirten waren wieder bey den Herden; da saß er einmal am Fluß, und hœrte fernher auf zwoen Flœten blasen; so hatt' ers noch nie gehœrt, seine Brust schwoll auf von zærtlicher Wollust. Je næher die sanften Tœne kamen, je sysser ward seine Wollust, und sein Herz pochte voll sysser Ahnung, und seine Schafe vergassen das Gras und horchten; und die Vœgel schwiegen auf den Bæumen und horchten, und die ganze Gegend horchte in wollystigem Stillschweigen; Daphnis horchte, und ein kleiner Knabe kam gegen ihm, der blies auf zwoen Flœten. Er war lieblich wie eine Rosenknospe, nichts dekte den glænzend zarten Leib, nichts die weissen runden Arme, sein kleines Gesicht war schœn, wie einer Huld-Gœttin, und Rosen wanden sich durch die goldnen Loken um sein Haupt her.

Der Knabe kam zum Daphnis, den ein sanfter Schauer durchfuhr. Hirt! (so sprach der Knabe) komm, fyhre mich yber den Fluß. Daphnis band den Nachen los; und der Knabe stieg hinein. Die Wellen, die sonst wild wider den Nachen schlugen, flossen izt sanft, und kyßten den Nachen, und hypften plætschernd davon. Sie waren schnell yber den Fluß; da sprang der Knab ans Ufer, und sprach: Hirt! ich bin Amor, der Gott der Liebe; geh dorthin, wo die Quelle durchs Gebysche rauschet; geh der Quelle nach durchs Gebysche, da wirst du fyr deine Myhe belohnet werden.

Amor sagte so, und verschwand; und wo er verschwand, da blyhte plœzlich eine Rose auf. Daphnis zitterte, und blieb erstaunet stehen. Izt verließ er den heiligen Ort, und lief an die Quelle, und voll Verwirrung und voll Entzyken drængt' er sich durchs Gebysch. Wenn ich die Phillis fænde! (sprach er) ach! – – – Womit sollte mich Amor belohnen? Aber – – ich træume! Ach! wenn ich die Phillis fænde! (so sprach er, indem er schnell gehend die vor ihm durch einander gewebten Gestræuche zerriß.) Izt trennte sich das Gebysche zu beyden Seiten, eine kleine Ebene zu umkrænzen, die voll Blumen da stand, von der Quelle durchschlængelt.

Sein Blik irrete nicht lang durch die Gegend, er fand die Phillis, sie lag an der Quelle, auf den einen Arm hingelæhnt, und trauerte;

wær er da, (sagte sie) wær er da; diesen Kranz wyrd ich ums Haupt ihm winden. Ach! wie lieb ich dich! wyrd ich sagen; aber wo ist er? Ach! fern von mir, fern von mir; ich will den Kranz zerreissen. Sie zerriß den Kranz, und wischte Thrænen von ihren Augen, da kam jemand durchs Gebysch; sie sah hin, und es war Daphnis. Gœtter! (rief sie) und sprang auf; er stuhnd verwirrt da, zitternd, wie ein Baum am sanften Wind; izt flog er zu ihr hin, sie trat zuryk, er nahm ihre Hand, er drykte sie an seine Lippen, und seufzt, und konnte nichts sagen; sein schmachtendes Aug sah sie an, ein Blik, in dem sein ganzes Herz mit allem seinem unaussprechlichen Entzyken sich mahlte. Phillis stuhnd da, ihr Herz pochte, und Seufzer bebten durch den jungen Busen herauf. Phillis! (so seufzt er) Phillis! – – Ach – – Ich bin zu schwach, dieses Entzyken zu ertragen. Daphnis! Ach! – Daphnis! (stammelte sie) dann schwieg sie wieder und seufzte. Ach! Phillis! (rief er) ach! was hab ich gelitten, seit dem ich dich sah! Ach! ich sah nur dich, ich sah nur dich auf den Fluren, nur dich in dem Hain, nur dich wann ich schlief, nur dich wann ich aufwachte! Ich bin den Gœttern gleich, wenn du mich liebst! Daphnis! seufzte sie, und sah weinend zur Erde, ach! wie lieb ich dich! seufzte sie, und schmiegte schamhaft sich an seine Brust. Da kyßte Daphnis ihre Wangen, und kyßte Freuden-Thrænen von ihren Augen, und drykte sprachlos sie an seine Brust. Sie blieben lang sprachlos; sie an seine Brust hingelehnt, er mit zitterndem Arm sie umschlingend. Die heftige Verwirrung verlohr sich izt in ein sanftes Entzyken; so legt sich ein starker Sturm, der Sturm ist nicht mehr, die Rosen und die Nelken zittern noch, izt zittern sie nicht mehr, izt athmen sie still wider Balsam-Dyfte, die Zephir kommen wieder, und flattern um sie her, und kyssen sie. So erholten sie sich wieder, und izt sezten sie an der Quelle sich hin, und izt erzehlt' er ihr, wie oft er yber den Fluß gefahren, wie er sie an dem Ufer und an den Quellen und auf den Hygeln gesucht habe, und dann trostlos zurykgekommen sey. Da erzehlt' ihm Phillis, wie sie, seit dem sie ihn an dem Fest der Nymphen gesehen, ihn geliebt; wie oft sie seufzend einsam an dem Ufer gegangen, wie sie bey Quellen und im dunkeln Gebysche geklagt habe. Da erzehlte Daphnis, wie er den Amor yber den Fluß gefyhrt, und wie eine Rose aufblyhte, wo er verschwand, und wie er ihn zu der Quelle gewiesen.

So sassen sie beysammen, und kyßten und umarmten sich, und erzelten sich von ihrer Liebe; schon blinkte die Quelle neben ihnen im Mond-Schein, da versprachen sie sich, morgen, so bald der Mittag vorbey sey, wieder da zu seyn. Ach! wir myssen uns izt verlassen, sagten sie seufzend, und blieben noch sizen. Lebe wol, Daphnis! (sagte dann Phillis wieder) lebe wol! Ich muß, ich muß dich verlassen; dann kyßte sie ihn, und wollte gehn, und blieb noch da. Ach! ich muß, ich muß gehn, sagte Daphnis wieder, und umarmte und kyßte sie; da giengen sie wenige Schritte, und sahn sich wieder um, blieben stehn, hypften wieder zusammen, und kyßten sich. Lebe wol, Phillis, lebe wol, Daphnis! sagten sie da, und verliessen sich, und sahn immer zuryk, und winkten sich dann, bis beyde sich aus dem Gesichte verloren. Daphnis gieng voll Entzyken an das Ufer, kyßte noch die Rose, wo Amor verschwand, stieg in den Nachen, und fuhr freudig yber den Fluß, und sang; noch nie hatte sein Herz so mitgesungen, er sang so voll Wollust, daß sein Gesang viel zu schwach war, seine Freud' auszudryken.

Izt war Daphnis wieder froh, er gieng zu den Hirten, er sang ihnen Lieder, er blies auf der Flœte, und machte ihre Spiele mit; aber so bald der Mittag dem Abend wich, dann ybergab er die kleine Herde einem vertrauten Hirten, stieg in den Nachen, und gieng an die einsame Quelle zu seiner Phillis, die allemal seiner schon wartete.

Je mehr sie sich sahen, je entzykter wurden sie, sich zu sehen; und jedes glaubte, das glyklichste unter den Menschen zu seyn. Sie sagten sich tausend mal, wie sie einander liebten; und doch glaubte jedes, es wœre nichts genugsam, dem andern zu sagen, wie sehr es geliebt sey. Oft, wenn Daphnis der Phillis in der Schoos saß, dann lehrten sie einander neue Lieder; Phillis sang, und Daphnis hielt es fyr weit schœner, als den Gesang der Nachtigall; Daphnis blies die Flœte, und Phillis zweifelte, ob Pan sie besser spielte. Oft erzelten sie sich Geschichte; wann Phillis erzelte, so hœrte Daphnis aufmerksam zu, oder spielte mit den Bændern, die ihren Busen zuschnyrten, und verlohr dann die Andacht, und stœrte die Erzelung durch Kysse. Wann Daphnis erzelte, so streichelte ihm Phillis das glatte Kinn, oder sezt' ihm einen Kranz auf das Haupt, oder sah ihn so schalkhaft an, daß er den Zusammenhang der Geschichte verlohr.

Oft giengen sie zu der Rosenstaude hin, sie hielten sie fyr das grœsseste Heiligthum, sie schyzten sie sorgfælltig vor Raupen und andern Unfællen, und banden die Ranken an Stæben in die Hœhe, und sangen dann dem Amor unter zærtlicher Umarmung ein Lied.

Daphnis hatt' einmal einen kleinen Vogel gefangen, den bracht er der Phillis, sie freute sich, und kyßt' ihn dafyr; sie sezt' ihn auf die Hand, seine zarten Beine zwischen ihren Fingern haltend, der Vogel flatterte mit bunten Flygeln auf ihrer Hand, er pfif, als ob er jemanden riefe; Phillis sah ihn an; Willst du von meiner Hand wieder auf die Zweige? (sagte sie.) Wen rufst du? deine Gespielen? Sollen sie auf meiner Schoos sich versammeln? Wie dir bang ist? Rufst du deinem Mænnchen? Ach ja! Er ruft seinen Geliebten, er klagt ihm, vielleicht sucht ihn das Mænnchen traurig; ach Daphnis! ich laß ihn fliegen! so sagte sie mitleidig, und œfnete die Hand; da flog er singend von einem Baum zum andern, und Phillis sah ihm nach, als ob ihr bang wære, daß er den Gatten nicht wieder finden werde. Daphnis sah seine Phillis an, und sah sie traurig niedersehn, da sank er erschroken an sie hin, und kyßte sie; Phillis seufzte: Ach! Daphnis! sagte sie, ach! Sollt ich dich einmal verlieren? Ach! sollt ich dich verlieren, so wyrde mein Schmerz unaussprechlich seyn! ich wyrde sterben! Da traurte Daphnis auch.

Ein ander mal sammelten sich Wolken yber ihnen, da sie beysammen sassen und fiengen an zu regnen, da flohen sie, und trieben der Phillis Schaafe vor sich her, und giengen in eine gewœlbte Grotte, deren Eingang von schleichendem Epheu bedekt war; sie traten hinein, und ihre Schaafe schlypften voran. Daphnis sah mitten in der Grotte einen Cypressen-Baum, und neben selbigem sprudelt' eine Quelle empor; erstaunend sah ers, und glaubte, dieß myßte die Grotte einer Nymphe, oder sonst einer Gottheit seyn; aber sie læchelten sich an, da sie einen andern Hirten in der Grotte fanden; er saß da im Schilf, der an der Quelle wankte, und machte Flœten mit sieben Rœhren, und Querflœten von Rohr. Er sah sich um, und grysste sie: Seyd willkommen, Mædchen! und du Hirt! vielleicht wynschet ihr, allein hier zu seyn; nicht wahr, junges Mædchen? O die Liebe hat schon manches Spiel hier im Kyhlen gehabt! Aber kysset euch immer, ihr Kinder! ich will mich nicht umsehn. - - - Nein, Hirt! (unterbrach ihn Phillis schamroth) wir kommen nur dem Regen zu entfliehen; und wenn mich der Schæfer auch kyssen wyrde? Izt trat Daphnis zu ihm hin. Du machst Flœten? sprach er. Ja, sagte der Hirt, und zwar die besten im ganzen Land; es macht sie keiner besser, keiner so gut; jeder will von meinen Flœten haben; gestern gab mir ein Hirt zwey Schafe fyr eine; ich kann darauf den Gesang der Vœgel und selbst der Nachtigall blasen, daß sie alle von den entfernten Bæumen auf den Aesten des Baums sich sammeln, wo ich flœte. Daphnis nahm eine der Flœten in die Hand; ich will das Lied der Chloe spielen; (sprach er) und Phillis! sing du das Lied.

»Du brauner Hirt! (so sang Phillis mit læchelndem Mund, lieblicher als die Flœte) du brauner Hirt! der du die Læmmer in dem Buchen-Thal hytest; ach! wann ich bey dir vorbeygeh, und ein nicht verlornes Schaaf suche, wann ich dann unter dem Blumen-Kranz hervor dich seitswærts anblike, und so freundlich læchelnd dich grysse, ach! warum verstehst du mich dann nicht? Heut sah ich mich im klaren Wasser, und blikte unter dem Blumen-Kranz hervor, wie ich dich anblike, und læchelte, wie ich dir zulæchle; ich muß es mir nur selbst gestehen, mein kleiner Mund læchelt lieblich, und mein braunes Auge sollte dir viel viel sagen, und doch, du blœder Hirt! und doch verstehst du mich nicht; sagt mir, ihr Nymphen! sage mir, Liebe! wie kann ich ihm besser sagen, daß ich ihn liebe?

Du hast dieß Lied unvergleichlich gesungen, (sprach der Hirt zu der Phillis) und du hast es gespielt; ich hætt es, beym Pan! selbst nicht besser gespielt; diese Flœte will ich dir schenken; sie ist mehr werth, als eine træchtige Ziege. Aber, (sprach er zum Daphnis) kannst du auch das Lied »Ihr Mædchen! die ihr sprœde thut,« – Es ist ein altes Lied, und wenig Hirten wissens mehr, es heißt das Lied des Næets; es heißt so, weil es eine Geschichte von dem Fluß-Gott ist, und diese Grotte heißt des Neætus Grotte, weil die Geschichte hier geschahe. Daphnis bat ihn, ihm das Lied vorzuspielen; und der Hirt nahm die Flœte, und blies das Lied so schœn, wie wann die Nachtigall singt. Nun kann ichs auch spielen, (sprach Daphnis) ich will es spielen, und du Hirt! singe das Lied; izt fiengen sie an, und der Hirt sang.

»Ihr Mædchen! die ihr sprœde thut, wann euch die Liebe gleich Herz und Busen beben macht; hœret wie die Gœtter eine Nymphe straften, hœret das Lied des Næets.

»Da Næet im Wasser auf seinem Wasser-Krug lag, da fiengen die Wellen an, schneller zu hypfen, da hub er das nasse Haupt mit dem træufelnden Schilfkranz empor, und rieb das Wasser aus den Augbramen, und sah, und sah da eine Nymphe, die ins Wasser gestiegen war. Wie schœn, (so sagt' er leis) wie schœn bist du, Nymphe! wie rund, wie weiß ist dein Busen; wie glænzend, wie weiß deine Hyften; wie hypfen die Wellen um die runden Knie, als ob sie versuchten, noch hœher zu hypfen! Ach Nymphe! so seufzt er, und stieg ans Gestad. Die Nymphe sah ihn, und floh', er folgt' ihr schnell wie ein Reh, sie floh' yber die Blumen wie ein Zephir; keuchend konnt' er kaum ruffen: Ach Nymphe! warum fliehest du mich? Izt lief die Nymphe in die Grotte; warum nicht weiter durch den Hain? Die Keusche!

»Ihr Mædchen! die ihr sprœde thut, wann euch die Liebe gleich Herz und Busen beben macht; hœret wie die Gœtter die Nymphe straften, hœret das Lied des Næets.

»Schon glaubte Næeth, den zarten Leib zu umfassen. Gœtter! (rief die Nymphe) helfet, macht mich zur Cypresse! Kaum war der Wunsch ihr vom Mund, so schossen die Fysse mit zehn Wurzeln in die Erde. Izt bebt ihr voll grausamer Schreken das Herz, zu dem die Rinde schnell heraufwuchs: Ach! (seufzte sie, und schlug die sprossenden Hænde yber das Haupt,) ach! Gœtter! warum hœret ihr diesen Wunsch so schnell! ach! Næet! Ach! Nymphe! seufzt izt der Fluß-Gott, und wand die Arm' um ihre Rinden; sie suchte mit Aesten ihn zu umarmen; aber umsonst; sie schytterte sterbend ihr Laub. Zornig stampfte der Fluß-Gott wider die Erde; und wo er stampfte, da sprudelte eine Quelle an seinem Fuß auf.

»Ihr Mædchen! die ihr sprœde thut, wann euch die Liebe gleich Herz und Busen beben macht; habt ihr gehœrt, wie die Gœtter die Nymphe straften? hat euch das Lied des Næets bekehrt?

So sang der Hirt; und Daphnis und Phillis hœrten ihm entzykt zu. Ist dieß die Grotte? Ist dieß die Cypresse und die Quelle? fragte Daphnis. Ja, sagte der Hirt, dieß ist die Quelle und die Cypresse. Mir deucht, sagte Phillis, mir deucht, die Cypresse habe ihr Laub stærker bewegt, da du das Lied gesungen hast. So kam ihnen der Abend zu bald.

Einmal war Daphnis an dem Bach, und fand seine Phillis nicht, da schnitt er, die Ungeduld zu verscheuchen, ihre Namen in die Rinden; dann blies er ein Lied, dann stieg er voll Ungeduld auf die hohen Bæume, seiner Phillis entgegen zu sehen; dann stieg er wieder herunter, und gieng staunend ængstlich umher. Endlich kam sie, ohne Krænze in den Haaren, die unordentlich yber ihren Achseln hiengen, sie gieng langsam mit traurig niedergeschlagenen Augen, ganz entstellt gieng sie daher; und Daphnis erschrak, sein Gesicht ward blaß, und sein Herz pochte, er gieng zitternd hin, und nahm ihre Hand, die matt in die seine sank, die Rede stokt' ihm, er durfte furchtsam nicht nach ihrem Unfall fragen; da sah sie ihn schmachtend an, mit einem Auge voll des zærtlichsten Schmerzens und voll Thrænen. Ach! Daphnis! (so sagte sie leis und schluchzend) Daphnis! Dann schwieg sie wieder, und eine Quelle von Thrænen floß aus ihren Augen. Daphnis bebte. Um der Gœtter willen! rief er, Phillis! welch ein Unglyk hat dich betroffen! Rede, um unsrer Liebe willen, rede! – Daphnis! sagte sie izt, ach! – ich soll – ich soll einen andern lieben, als dich! Da bebt' ein Schauer durch ihn auf, wie wann einer unter dem styrzenden Fels steht, ein kalter Schweiß floß von der Stirne, blaß und bebend stuhnd er da. Ja, Daphnis! (fuhr sie fort) ich soll den Lamon lieben, den Hirt, dessen Herden ganze Triften deken! ach! den soll ich lieben, er trug meiner Mutter seine grosse Herde und seine grossen Wiesen an, und begehrt mich zur Braut! und Daphnis! die liebe Mutter! sie glaubt sich nur glyklich, wann ich es bin, sie hælt dieß fyr mein grœssestes Glyk, und will, ach! sie will, daß ich ihn liebe! so sagt sie, und weint mit dem Daphnis. Dann hub sie wieder an: Nein, Daphnis! ach! weine nicht! wie kœnnt ich einen andern lieben? Und wenn seine Herden alle diese Triften dekten! macht dieses ihn liebenswyrdig? Nein, Daphnis, nein! Ach! du bist liebenswyrdig, arm bist du liebenswyrdig, dein sanftes Wesen, deine Tugend macht dich liebenswyrdig! Dich will ich lieben, Daphnis! sagte sie, und umarmt' ihn. – – Aber ach! ( rief sie wieder) dann werd ich der besten Mutter ungehorsam! Dann stœhr ich die Ruhe des grauen Alters durch Unmuth und Verdruß! Ach Daphnis! ich bin unglyklich! unglyklich, wann ich gehorche; unglyklich, wann ich nicht gehorche! – Daphnis! weine nicht so! ich erlige unter dem Schmerz! Ach! Phillis! (sagte Daphnis, voll unaussprechlichen Schmerzens,) sey gehorsam, die Gœtter strafen den Ungehorsam, sey gehorsam, sie werden dich beglyken! Ich will hingehn, und – ach! dich nicht mehr sehn, und unglyklich seyn, unglyklich seyn mein Leben durch! – – so kæmpften Liebe und Tugend. Sie schwiegen izt lang, Seufzer und Wehmuth hielten die Rede zuryk; endlich hub Phillis wieder an, sie drykt ihn an ihre Brust, ihr Aug voll Liebe sah ihn an: Daphnis! (sagte sie) ach! Daphnis! umarme mich! ich will dich lieben! ich will vor meine Mutter hinsinken, wenn sie von jener Liebe mir redt, ich will hinsinken, und ihre Knie umfassen, und weinen; ich will sie so lang umfassen, so lang will ich weinen, bis sie mitleidvoll unsere Liebe billigt. Ja, Phillis! (sagte Daphnis, ganz entzykt) umfasse ihre Knie, weine, neze ihre Fysse mit Thrænen, und lasse sie nicht, lasse sie nicht, bis sie unsre Liebe billigt; gewiß sie weint mit dir, gewiß sie billigt voll Mitleid unsre Liebe.

So entzykte sie izt die Hofnung, sie læchelten wieder, und umarmten sich, inbrynstig, wie sich Liebende umarmen, wann sie nach langer Entfernung sich wieder sehn; sie weinten izt Freuden-Thrænen, und kyßten sich unersættlich, bis der Abend sie schied.

Daphnis gieng voll Ungeduld und voll Hofnung zuryk. Der folgende Tag war kaum halb verflossen, so war er yber den Fluß. Phillis stuhnd schon am Bach, er lief zu ihr hin und kyßte sie, ihr lachendes Auge verrieth ihm schon gute Bottschaft; sie sezt sich auf das Gras, er sezt sich neben sie hin, den einen Arm um ihren Hals schlingend, und den andern in ihrer Hand auf ihre Schoos legend. Daphnis! (sagte sie) wir sind glyklich! Da kyßte sie ihn; er kyßte sie wieder, und drykte sie entzykt an seine Brust; wir sind glyklich, fuhr sie fort; da ich gestern zuryk kam, fand ich meine Mutter in dem grynen Vordach von Reben, das vor unsrer Hytte steht, sie band beym Mond-Schein die Ranken auf, die herunterhiengen; ich trat hinein und gryßte sie; ich danke dir, liebe Phillis! sagte sie; dann fragte sie mich, ob ich die Herde getrænkt hætte? bald wirst du izt (fuhr sie fort) eine grosse Herde haben, Lamon hat die grœsseste Herde unter allen benachbarten Hirten. Da erschrak ich und weinte; sie ließ die Ranken und sah mich an; warum weinst du, Phillis? sprach sie; da weint' ich noch mehr; da fragte sie wieder, da sagt' ich schluchzend: Ach! Mutter, liebste Mutter! werde nicht bœse! Ich weine, ach! ich weine, weil ich den Lamon nicht lieben kann! da warf ich mich vor sie hin, und umfaßte ihre Knie; ach! zœrne nicht! (sagt' ich, und weinte heftig,) zœrne nicht, liebe Mutter! ich kann, ach! ich kann den Lamon nicht lieben! ich liebe – Ach! ich liebe schon, einen Jyngling von dem andern Ufer, den Besten, den Tugendhaftesten. so sagt' ich, und drykte mein Gesicht an ihre Knie, und weinte; seine Herde ist klein, (sagt' ich) aber gewiß, gewiß er ist der Liebenswyrdigste, der Tugendhafteste! Da schwieg ich, und hub mein Gesicht voll Thrænen auf, und sah Thrænen in ihren Augen; sie reichte mir liebreich die Hand, und befahl mir aufzustehn. Nein, (sagte sie) Phillis! nein, ich will nicht eigensinnig deiner Liebe entgegen stehn. Aber, Phillis! die Liebe triegt; ich kann nicht ganz einwilligen, bis ich deinen Geliebten gesehn, bis ich mich erkundigt habe, ob er gewiß tugendhaft ist; hieran hængt das Glyk deines ganzen Lebens, die Tugend allein beglykt. So sagte sie; und ich versprach ihr, ich wolle dich in unsre Hytte bringen. Daphnis sprang auf, und jauchzte vor Freude, dann kyßt' er die Phillis, und umschlang sie mit beyden Armen; und sie umschlang ihn auch, dann drykten sie sich an einander, so sehr sie konnten, und kyßten sich myde.

Aber hœre, meine Phillis! sagte Daphnis; deine Mutter weiß nun unsre Liebe, und – – ich werd ihr doch wol gefallen, wann du mich in deine Hytte fyhrst? O ja! sagte Phillis; gewiß, gewiß wirst du ihr gefallen. Aber, (fuhr Daphnis fort) mein alter Vater weiß noch nicht, daß wir uns lieben, ich will hingehn und ihm unsre Liebe sagen; aber weißst du wie, Phillis? Komm du mit mir, ich will dich ihm zeigen, wann er dich sieht; gewiß, gewiß wird er sagen, Daphnis! du hast sehr wol gewæhlt.

Phillis willigte darein, und bat ihn, daß er Blumen holen sollte, daß sie sich mit einem frischen Kranz schmyken kœnnte. Da gieng Daphnis und suchte Blumen an dem Bach und im Gebysch; in der Zeit wusch Phillis ihr schœnes Gesicht an dem klaren Bach. Daphnis kam bald zuryk, mit einem Hut voll bunter Blumen, einige vielfærbigt, andre die weiß wie Schnee waren, andre blau wie der Himmel, andre goldfærbicht wie Sternen, oder roth wie der Phillis Lippen. Da goß er die Blumen in der Phillis Schoos, und sezte sich neben ihr hin; sie fieng an, den Kranz zu flechten, und die bunten Blumen auf das kynstlichste zu ordnen, und er legte die braunen Loken in Ordnung, und schmykte den weissen Busen mit Blumen. Nun war Phillis bekrænzt; und Daphnis glaubte, sie noch nie so schœn gesehen zu haben; er hypfte voll Freude, und fyhrte sie

Hand in Hand ans Ufer; sie stiegen in den Nachen, und fuhren schnell yber den Fluß.

Er fyhrte sie vor seine Hytte; ich will izt hineingehn, sagt' er, und du, Phillis! warte hier unter dem Vordach, ich will dann wieder kommen, und dich vor meinen Vater fyhren.

Er tratt in die Hytte, und blieb stumm da stehn, errœthend mit niedergeschlagenen Augen. Lieber Vater! hub er izt an, und schwieg! Was willst du? Daphnis! fragt' ihn der Greis. Lieber Vater! ich – ich liebe! Izt schwieg er wieder schamroth. Du liebest, sagte der Greis, du liebest, und reicht' ihm die Hand, und wen liebest du? Izt trat er zum Vater, und legte seine Hand in des Greisen Hand; ach Vater! ich liebe ein Mædchen, das beste, das schœnste Mædchen im ganzen Land. Du bist glyklich, Daphnis! sagte der Greis, wenn dich die Schœnheit nicht triegt, wenn sie die Gœtter lieb hat, dann bist du glyklich, die Gœtter sehn aus dem Olymp und segnen sie. Aber, Daphnis! die Liebe triegt. Nein, sagte Daphnis, nein, sie hat mich nicht betrogen; izt hypft er unter das Vordach, und fyhrte die Phillis Hand in Hand in die Hytte.

Sie stuhnd da, die Unschuld, schamroth lœchelnd, und sah mit gebogenem Haupt schychtern in ihren Busen, kaum wagte sie einen schnellen Blik unter dem Blumen-Kranz hervor. Daphnis sah bald den Vater an, und sah voll Entzyken, wie aufmerksam, wie freundlich der Greis der Phillis keinen Blik entzog; bald sah er die Phillis an, lœchelnd, daß sie so schychtern da stand, er nahm ihre Hand, und fyhrte sie zu dem Greisen, und kyßte zœrtlich des Vaters Hand. Komm, Phillis! sagt' er, komm, kyß auch des besten Vaters Hand; da kyßte Phillis auch des Vaters Hand.

Der Greis hatte sie noch immer stumm aufmerksam betrachtet; und izt seufzt' er. Ach was entdeket mein Auge vor Zyge in deinem Unschuld-vollen Gesicht? Mein Kind! ach! dieß sind Palemons Zyge! ja dieß sind die Zyge des redlichsten Freundes, so lachte sein Gesicht in seiner Jugend; er starb, ach! mit ihm starb die Hælfte meines Glyks! Ach! Kind! Kind! rede! Bist du Palemons Tochter?

Ich bin, hub Phillis an, ich bin Palemons Tochter. Ach! mein Auge hat meinen Vater niemals gesehen! Als ich der Mutter noch unter dem Herz lag, da starb er schon; tæglich gieng meine Mutter, unter den sprossenden Cypressen zu weinen, welche die Hirten um sein

Grab her gepflanzet haben; tæglich weinte sie da, und gebahr mich bey des Vaters Grab.

Izt hub der Greis sich auf, und fiel der Phillis zitternd um den Hals. Meine Tochter! stammelt' er, meine Tochter! und sank kraftlos auf den Stuhl zuryk, und sah seufzend gen Himmel, und nahm des Mædchens Hand, und konnte voll wehmythiger Freude nichts sagen. Daphnis stuhnd ganz entzykt da; und izt eilt' er, den Greisen zu erfrischen, und seine Phillis zu bewirthen, und holt ein Kœrbchen voll Rosinen und Mandeln und Orangen und Aepfeln; nichts war genugsam seine Freude auszudryken, er hypfte und sang die Frychte holend. Daphnis! sagt' er, ach! wie glykselig bist du! Kein Mensch, nein, kein Mensch ist glyklich wie du! so rief er, und hypfte zuryk, und stellte das Kœrbchen auf die Tafel. Phillis mußte sich neben dem Greisen sezen, und er sezte sich neben die Phillis; izt hub er geschæftig an, Mandeln aus den Schaalen zu brechen, und die schœnsten Aepfel auszusuchen; die sie haben sollte, mußten alle wie ihre Wangen seyn, da sie errœthend in die Hytte trat.

Ach! wie selig, hub der Greis izt wieder an, wie selig flossen mir die Jahre in Palemons Freundschaft dahin! Ach! der redlichste Freund! wie war er tugendhaft! Er war arm, doch theilt' er immer mit, und keiner opferte den Gœttern mehr; er hatte beynahe keine Schaafe, als die er in dem Wett-Gesang gewann; denn damals sang keiner wie er; fernher kamen die Sænger, mit ihm in die Wette zu singen, und alle verlohren den Preis; so klein seine Herde war, so opfert' er doch jæhrlich dem Pan zween junge Bœke, und wenn er sie auch mit seinem Brod hætt' erkaufen myssen. Die Redlichkeit lachte auf seiner Stirne, und Freude und Zufriedenheit im Auge, diese wichen nimmer von ihm, auch im Unglyk nicht; dann weint' er, wenn er andrer Unglyk sah, dann fyhlt er mit Schmerzen seine Armuth, wenn sie ihn hinderte, ihnen zu helfen. So redlich war Palemon, so liebenswyrdig; er starb, ach! er starb in dem Sommer seines Lebens! Die ganze Gegend traurte, jeder hatte den redlichsten Freund verlohren! die Gegend hatte noch nie so viele Hirten versammelt gesehen, wie an dem Tag, da man seine Urne auf den kleinen Hygel hinsezte, der neben seiner Hytte war; alle sammelten sich traurig um die Urne, und jeder pflanzte da seinen Cypressen-Ast in die Erde um sein Grabmahl her, und Pan machte segnend, daß sie zum Wald aufwuchsen. Ich habe noch eine Trink-Schale von ihm, die hatt' er auch mit Gesang gewonnen, und mir geschenkt; Farren-Kraut und die Weg-Distel sind auf selbiger umkrænzend einge-schnitten, und eine Schlange windet sich herum, und bæumt sich hoch hervor, und beißt in das obere Rand, und wird so zur Hand-habe. Ach! das ist mir ein schæzbares Angedenken von meinem besten Freund, und ich giesse sie nur an den heiligen Festen voll!

So sprach der Greis, und Daphnis und Phillis hœrten ihm traurig zu. Indessen kam der sanfte Abend, und Phillis mußte sie verlassen. Der Greis kyßte zærtlich ihre weisse Stirne; sage der Mutter, sprach er, sag ihr, daß Amyntas noch lebt; sag ihr, daß dieß sein schwaches Alter verjyngt, wenn sie zugiebt, daß Palemons Tochter mit seinem Sohn sich verbindet, und ihn Vater nennt. Phillis gab izt ihrem Hir-ten die Hand, der sie aus der Hytte fyhrte; der Greis gieng auch aus der Hytte, und seine Blike læchelten ihnen nach, bis sie unter ent-fernten Bæumen sie verlohren; wahrhaftig! sagt' er, voll Entzyken, die Freude des tugendhaften Sohns ist des Vaters seligste Freude, sein Glyk ist des Vaters seligstes Glyk! Welche Belohnung, welche selige Belohnung fyr die Myhe, Tugend in das junge aufkeimende Gemythe zu pflanzen! Welche frohe Ernde! welche sysse Frychte!

So sprach er, und gieng in die Hytte zuryk. Inzwischen waren Phillis und Daphnis schon in den Nachen gestiegen, sorgfæltig fuhr er yber den Fluß, hob das Mædchen aus dem Nachen, und band ihn an einer Weide fest; sie sangen, indem sie giengen, ein zærtliches Lied, das die Echo wiederholte, und das durch ihre Kysse oft unter-brochen ward. Sie kamen izt auf das offene Feld, und izt mußten sie sich verlassen, und er versprach ihr, den folgenden Tag in ihre Hytte zu ihrer Mutter zu kommen; und da sang ihnen die Nachti-gall beym zærtlichen Abschied.

Daphnis gieng izt durchs Gebysche zuryk, und wollte den Nach-en los binden, als jemand aus dem Weiden-Gebysche rief: Daphnis! komm zu uns unter die Weiden; und Daphnis gieng, und zween Hirten sassen da; du sollst unser Richter seyn, sprachen sie, wir wollen gegen einander singen; ich will Richter seyn, sprach Daph-nis; und sezte sich gegen ihnen yber.

»Gebet, Musen! (hub der erste Hirt an) gieb, Pan! daß ich liebli-cher singe, als die Grasmyke, lieblicher singe, als die Nachtigall! Menalkas singt, dem nie der Preis entgieng, zwar wenn ich singe, dann stehen die Mædchen oft bey mir still, und sagen: Menalk! ach! du singest schœn! Aber wenn du holde Daphne einmal still styhn- dest, und sagtest: Menalk! ach! du singest schœn!

»Ich weiß ein Mædchen, (so sang der andre Hirt Alexis) ach! ich weiß ein Mædchen, das hat nur sechszehn Sommer gesehn; schlank von Hyften und klein, braun von Haaren und Schnee-weiß von Stirn; feurig bliket sein Aug, und lieblich læchelt sein Mund. Wo hypfest du izt auf den Blumen wie ein junges Lamm, wie du an jenem kyhlen Herbst-Abend hypftest, seitdem mein Herz diese Unruh empfindt? Ach! wo hypfest du izt, Kind! leicht wie ein Vogel auf Aesten hypft?

Menalkas sang izt: »Da wo die braunaugichte Daphne singt, da sollen die Vœgel auf den Bæumen schweigen; da wo ihr kleiner Fuß geht, da sollen sanfte Winde flattern, da wachse lauter Klee, da sey fyr ihre Herde die beste Weide.

Und izt Alexis: »Alle Abende treib ich meine Herde durch den Bach, daß sie sich bade, und meine Schafe sind weiß wie die Schwanen im Fluß; und ich bin jung und schœn, du hypfendes Mædchen!

Menalk sang: »Wie die sanften Abend-Winde durch die Weiden schlypfen! Wie der stille Mond hervorgeht! O! klettert nicht so am Rand, ihr Ziegen und ihr Schafe! hier sind auch Papeln, hier ist auch Epheu, daß das Ufer nicht sinke!

Und Alexis: »Wie beneid ich dich, junges Schaf! du hypfest um sie her, und issest den Klee aus ihrer Hand; wie beneid ich dich, kleiner Sperling! du hypfest am Gitter ihres Fensters, und siehst ihren Morgen-Schlaf, und singest ihr, und sie liebet deinen Gesang. Da wo ich mein Mædchen finde, da wo es den ersten Kuß mir giebt, da will ich jæhrlich, (ich schwœr es dir, Pan!), da will ich jæhrlich einen Widder dir opfern, ô Pan!

So sangen die Hirten, und Daphnis sagte: Alexis! du hast den Preis gewonnen; dein Gesang ist lieblicher zu hœren, als das Rieseln des Bachs. Da nahm Alexis die Ziege, die zum Preis ausgesezt war. Daphnis! (so sagt' er) man sagt mir, daß du ein guter Sænger seyst; ich gebe dir die Ziege zum Geschenk, wenn du ein Lied mir singst. Da nahm Daphnis die Ziege voll Freude, und sang:

»Leuchte izt, Mond! (so sang er) leuchte hell auf dem Weg, den izt mein Mædchen nach seiner Hytte geht. Kein næchtlicher Schreken begegne ihr auf dem einsamen Weg; nur sanfte Stille und Mond-Schein begleite dich, und nichts, nichts stœre deine Gedanken an mich; nur der Gesang der Grille tœne dir von der Flur her; nur die Nachtigall singe ihre zærtlichsten Tœne aus jedem Busch, an dem du vorybergehst; ihr Lied sey zærtlich, wie dein Gedanke, wenn du an mich denkst, und seufzend nach dem Mond blikest; denn wo du mein Mædchen bist, da hab ich immer »Fryhling; da ist lauter Freud auf den Fluren; da riechen die Blumen lieblicher; aber wenn du an deine Brust mich drykest, und mich auf meine Lippen kyssest, ach! dann, dann pochet mein Herz, dann seh ich nicht Fryhling, dann riech ich nicht Blumen, ach! dann fyhl ich nur, dann fyhl ich nur deinen Kuß.

So sang Daphnis. Meine halbe Herde wyrd ich geben, sprach Alexis, kœnnt' ich singen wie du!

# DAPHNIS.

## *ZWEYTES BUCH.*

IZt nahm Daphnis die Ziege, und trieb sie in den Nachen, und fuhr vom Ufer; aber seine Gedanken folgten der Phillis, staunend sah er nicht, wie styrmisch der Fluß vorbey rauschte; schon war er in der Mitte, da schlug er ihn wider ein Felsenstyk, daß ihm sein Ruder zerbrach, und fyhrt' ihn auf beschæumtem Ryken schnell weg, und die Ziege sprang aus dem Nachen, und schwamm ans Ufer. Wie das zarte Lamm zittert, wenn es von der Lœwin, mit starken Zæhnen, den Jungen zugetragen wird, die hungrig aus der Hœle ihr entgegen bryllen; so zitterte Daphnis, keinen Augenblik sicher, wenn ihn der Fluß wider einen Felsen schlægt, wo tobende Wellen bryllen. Aber der Fluß schlug ihn wider keinen Felsen, und fyhrt' ihn auf seinem Ryken, bis Daphnis in finsterer Nacht kein Ufer mehr sah. Oft sah er das Lampen-Licht in einer Hytte am Ufer, dann rief er ængstlich die Leute zur Hylf, aber umsonst, der Fluß fyhrt' ihn zu schnell vorbey; izt sah er ein grosses Licht, dem er sich immer næherte, und izt sah er, daß das Licht auf dem Fluß in einem Nache war; er rief Hylfe, und der Nache fuhr ihm entgegen, und hielt den seinen auf.

Zween Mænner, die in dem Fluß fischeten, und, um die Fische blind und tumm zu machen, mit ihrem Feuer sie blendeten, nahmen ihn freundlich in ihren Nachen, und fyhrten ihn ans Ufer und in die nahe Hytte, deren Wænde mit træufelnden Nezen behangen waren. Daphnis fand da einen ehrwyrdigen Greisen, in ungewohnter Kleidung; wahrhaftig, flysterten die Fischer sich leise zu, heute sind wir glyklich; schon zween Gæste haben die Gœtter uns zugefyhrt, schon zwey mal haben sie uns die Freude zugefyhrt, Nothleidenden zu helfen. Izt gieng der eine von ihnen, von den gefangenen Fischen fyr die Gæste zu zurichten, und der andre brachte Brod und Most und Frychte. Der freundliche Alte nœthigte den Daphnis, und den gutthætigen Fischer, sich bey ihm zu sezen, und Daphnis mußte erzehlen, wie ihn der Fluß weggeraubt habe; und Daphnis erzehlte seinen Schreken, und wie er umsonst Hylfe gerufen, und wie er sich gefreut habe, den Nache mit dem Feuer zu sehen. Unter freundlichen Gespræchen, (denn wie kann es anders, als freundlich seyn, wenn Nothleidende zusammenkommen, wo sie Schuz finden, beym redlichen Zusammenkommen, der den Gœttern dankt, daß sie diese ihm zugefyhrt haben,) unter freundlichen Gespræchen sassen sie da, bis der andre Fischer læchelnd eine Schyssel voll gekocheter Fische herbrachte, und sie auf die Tafel stellte, er sezte sich auch zu ihnen; beyde baten die Gæste zu essen. Vater! sagte der eine zu dem Greis, deine Kleidung ist kœstlich und fremd, und deine Sprache ist nicht wie unsre Sprache; dein Unglyk muß dich weit hergefyhrt haben. Izt seufzete der Greis, und konnte noch nicht antworten. Ach! hub er izt an; Freund! mein Unglyk hat mich so weit nicht hergefyhrt; ich bin aus der Stadt Croton, und saß da in dem Rath meiner Vaterstadt, und ach! die Hæupter daselbst, die die Gœtter, und die Tugend, und die Gerechtigkeit lieben sollten, welzen sich in Wollust, verderben die Sitten des Volks, und opfern die Gerechtigkeit und die Tugend ihrem Eigennuz und ihren Lastern auf; das blinde Volk siehts nicht, betrogen betet es diejenigen an, die sein Wol untergraben; ich sah es, und verfochte die Tugend und die Gerechtigkeit; da haßten mich alle. Verleumdungen, die sie unter das Volk streuten, machten sie sicher, die Redlichkeit zu verfolgen; und da verwiesen sie mich aus meiner Vaterstadt. Gerechte Gœtter! wenn ihr ein Unglyk yber sie verhængt habet, ach! So laßt euern Zorn, und rufet das Unglyk zuryk, das ihren Mauern sich nahet!

So seufzte der Greis, und sank in ein trauriges Stillschweigen; voll zærtlichen Mitleidens schwiegen die andern auch, und entsezten sich zu hœren, daß ein Ort wære, wo Tugend und Frœmmigkeit unsicher ist; denn dem Tugendhaften ist es schmerzlich zu vernehmen, daß die Welt lasterhaft ist. Die Fischer huben an, den Greisen zu trœsten, und mit frohen Gespræchen und Geschichten ihn aufzumuntern, bis der matte Schlaf sie zur Ruhe foderte.

Nicht ohne Unruhe gieng beym Daphnis die Nacht voryber; er dachte zu seinem Vater zuryk, und fyhlte seinen Kummer, und an seine Phillis, wie bang ihr seyn werde, wenn es unmœglich wære, den folgenden Mittag bey ihr zu seyn. So bald es Morgen-Roth ist, sprach er, will ich an dem Fluß hinauf gehn.

Kaum beschien die Morgen-Sonne das bemoßte Dach, so waren alle schon wieder versammelt. Der Greis nahm seinen Stab, und umarmte die zween Mænner; die Gœtter werden eure Gutthætigkeit belohnen, sprach er, mit Thrænen im Aug, und Daphnis kyßte sie auch, und gieng mit dem Greis den Fluß hinauf. Er begleitete ihn sorgfælig mit langsamen Schritten, der Greis ward myde, und Daphnis bat ihn, den Arm auf seine Schultet zu lehnen; der Mittag kam, und er sah umher, dem Greis einen schattichten Ort zu finden; izt fyhrt' er ihn unter ein Dach von Ulm-Bæumen, und verließ ihn da, Frychte zu seiner Erfrischung zu suchen, und so bald sie sich erfrischet hatten, verfolgten sie ihren Weg wieder, und da der Abend einbrach, da wies er ihm von ferne seine Hytte, in der Amyntas voll banger Sorgen einsam bey der dystern Lampe saß, aber der zærtliche Vater stand schnell voll Freude auf, als Daphnis und der Greis in die Hytte traten. Er fiel seinem Sohn um den Hals: sey mir willkommen, mein Sohn! sprach er, ô wie war mir die Nacht traurig, und der Tag! Dann gryßt' er freundlich den Greis, ihm die Hand drykend; und izt fieng Daphnis an zu erzehlen, wie ihn der Fluß weggenommen, und wie ihn die Fischer gerettet, und die Geschichte von dem Greis, und wie er ihn sorgfælig den Fluß hinauf gefyhrt habe. Und der Vater hœrt' ihn voll Freude, solche Proben des Mitleidens und der Tugend in seinem Sohn zu finden.

Liebster Freund. sagt izt Amyntas zu dem Greis, was mir die Gœtter beschehrt haben, diene zu deiner Erfrischung und Bequemlichkeit, und meine Hytte sey dein Dach. Mit diesen Worten fyhrt' er ihn vor einen Stuhl mit weichem Fell bedekt, und stellte seinen Stab an die Seite, und bat ihn, sich auszuruhen, und sezte sich neben ihn hin.

Ach! welche Seligkeit ist es, sprach der Greis voll Erstaunen und Freude, welche Seligkeit unter Tugendhaften zu wohnen! Gutthætiger Freund! bey euch find ich sie, die liebenswerthe Tugend, die ich in meiner Vaterstadt umsonst gesucht habe. Lieber Freund, antwortete des Daphnis Vater, rechne es nicht zur grossen Tugend, Nothleidenden zu helfen; ein Unmensch, der solches nicht thut! warum beschyzen die Gœtter meine Hytte? und warum segnen sie meine Bæume? Etwa, daß ich allein bequem in meiner Hytte wohne, da sie doch fyr viele Plaz und Schatten hat? Etwa, daß ich allein von dem Ueberfluß der Frychte esse, welche die Aeste meiner Bæume zur Erde biegen? so sagten die Greisen, indeß daß Daphnis mit Milch und Brod und Frychten die Tafel bestellt hatte.

Bald giengen sie alle den erquikenden Schlaf zu geniessen; Daphnis træumte von seiner Phillis, bis ihn das fryhe Morgen-Lied der Flœten aufwekte, das die Hirten bliesen, die ihre Herden auf die Fluren fyhrten. Traurig, daß es noch nicht Mittag war, nahm er kaum seine Flœte, und gieng mit seiner kleinen Herde auch auf die Wiesen; aber er lagerte sich fern von den andern Schæfern an einen Bach, der unter einem einsamen Dach von Weiden-Aesten durchfloß. Da saß er von Sehnsucht gepeinigt, und seine Herde weidete um ihn her; bald blies er ein zærtliches Lied, dann seufzt' er, und sah ungedultig nach der Sonne; bald spielt' er mit den Schafen, die ihm nahe kamen, und streichelte sie, oder er lokte sie, Kræuter aus seiner Hand zu essen; und dann flœtet' er wieder, und sah dann seufzend wieder nach der Sonne, voll Ungeduld, daß sie noch nicht mitten am Himmel war.

Aristus (so hieß der Greis aus Croton) war indeß auch aus der Hytte gegangen, die Gegend zu besehen; er bestieg einen nahe gelegenen Hygel, und sah da eine ausgebreitete Gegend im Morgen-Licht, strauchichte Hygel, ferne blaue Berge, weite ebene Felder und Wiesen voll fruchttragender Bæume, und zerstreute Wælder von geraden Tannen und schlanken Eichen und Fichten. Fernher rauschte der Fluß, zwischen Feldern und Hygeln und Hainen, und Felsen-Wænden mit majestætischem Getœse; nahe Bæche lispelten durch das Gras, oder rauschten in kleinen Fællen sanft in das Getœse, und ein Heer von schwærmenden Vœgeln sang froh auf bethauten Aesten oder hoch in Glanz-voller Luft ein manigfaltiges Gesang, untermischet von den Flœten der Hirten und dem Gesange der Mædchen, die gesellschaftlich auf fernen und nahen Hygeln oder ebenen Wiesen die Herden weideten. Erstaunt mit unstetem Blik irrte der Greis, bald in weiter Entfernung, bald in Kræutern und Blumen, die duftend vor seinen Fyssen lachten; voll von frohem Entzyken schwoll ihm die Brust.

Welche Seligkeit! hub er izt an, welche Strœme von Wollust! Ach! kaum faßt sie mein wallendes Herz! Ach Natur! Natur! wie schœn bist du! wie schœn in unschuldiger Schœnheit, wo dich die Kunst unzufriedner Menschen nicht verunstaltet! Wie glyklich ist der Hirt, wie glyklich der Weise, der dem grossen Pœbel unbekannt, in lachenden Gefilden jede Wollust genießt, die die bescheidene Natur fodert und giebt, und unbemerkt grœssere Thaten thut, als der Eroberer und der angegaffete Fyrst! O sey mir gegryßt, stilles Thal! Seyt mir gegryßt, fruchtbare Hygel! und ihr, ihr rieselnde Bæche! ihr Fluren! und ihr, ihr Haine! festliche Tempel des stillen Entzykens und der ernsten Betrachtung! seyd mir gegryßt! Wie lieblich lachet ihr mir im Morgen-Licht entgegen! Sysse Freude und Unschuld lachen mir von allen Hygeln, von allen Fluren zu; Ruhe und Zufriedenheit bewohnen die stillen Hytten, ruhen auf den Hygeln oder an schlængelnden Bæchen, und schlummern im sanften Schatten Frucht-tragender Haine. Wie wenig misset ihr, ihr Hirten! wie nahe seyd ihr dem Glyk! Ihr, die ihr unselig die Einfalt der Natur verliesset, ein manigfaltigeres Glyk zu suchen, ihr Thoren! die ihr die Sitten der lachenden Unschuld Grobheit, und das wenige Bedyrfniß, das die Natur aus reichen Quellen stillt, veræchtliche Armuth nennet, baut immer Gewebe von Glyk, die jeder Wind euch zerreißt! Ihr geht durch Labyrinthe zum Glyk; ewig myhsam, ewig unzufrieden irret ihr da; ihr glaubt, die oberste Stuffe des Glyks erstiegen zu haben, ihr taumelt in seinem schmeichelnden Arm, und træumt; ihr erwachet, træumend betæubte euch das læchelnde Gesicht der Harpye, wie im Gœtter-Glanz, ihr saht nicht die schwarzen ledernen Flygel, von denen sie euch izt Ekel und Entsezen zuwehet, und den garstigen Ryken. Ihr, die ihr Lænder beherscht, die ihr mit ybermythigem Blik die Gegend von den Thyrmen der Palæste. durchwandert, und stolz denkt, dieß alles ist mein, dieß myhsame Gewimmel von Bewohnern ist fyr mich, ihren Herren, vor dem sie beben: Wem quillt die sysse Lust aus der stillen Gegend, aus den Frucht-vollen Feldern, aus der ganzen schœnen Natur? Wem rauschen die Quellen Vergnygen? Wen erquikt mehr der Schatte der Bæume? Wen wærmet die Sonne entzykter? Euch, ihr Herrscher! oder den armen Hirten, der im Gras ruht, von seiner Herde umirret? Er ruht da, und athmet Entzyken; zufrieden, unwissend daß er arm ist; und wær er Herr der ganzen Gegend, bræchte sie dem Zufriednen dann mehr Vergnygen? Die schœne Natur ist ihm eine ewige Quelle von reinem Vergnygen; kein Stolz, keine Herrschsucht, kein Ehrgeiz macht ihn mit seinem Glyk unzufrieden; das ruhige Gemyth und das redliche Herz streun immer Vergnygen vor ihm her, wie du Morgen-Sonne vor dir her die betaute Gegend mit Glanz yberstreust. Zyrnet nicht, ihr Gœtter! daß ich mich unglyklich glaubte und weinte, da ich Croton verließ, gegen den væterlichen Mauern noch einmal zuryk weinte; ihr habt mich durch

einen dunkeln sumpfichten Weg in selige Gefilde gefyhrt. O ihr
Bæche! An euern Ufern will ich izt ruhn; ihr Bæume! empfængt
mich in kyhlende Schatten; ihr Hytten! stehet offen einem Fremd-
ling, der sein graues Alter syss dahin leben wird, bey euern Bewohnern, die beneidenswerther als Kœnige sind.. Quillt immer, ihr
Strœme der Wollust! ich trag euch ein lachendes Herz, ein heitres,
ein unbeflektes Gemyth trag ich euch entgegen; heiter wie der
Himmel, wenn keine Wolken ihn tryben, still wie ein glatter See,
den die kleinsten Wellen kaum befalten, in dem die ganze Gegend
sich mahlt. Ja ihr sanfte Bæche! ihr stille Hygel! bey euch will ich izt
mein Leben voll sanften Entzykens, voll Dank gegen die Gœtter
yberdenken; froh sollen es meine Gedanken durchwandeln, glykselig, da sie vor keinem Laster zurykbeben myssen. Mein Leben soll
hier verfliessen, wie ein stiller Bach, sanft soll es verwelken, wie die
Rose verwelkt; sie steht da, die welkende Rose, und haucht die lezten Geryche; ein sanfter Zephir fæhrt schmeichelnd yber sie hin, die
welken Blætter fallen, und die Rose ist nicht mehr.

So sprach der Greis, voll des seligsten Entzykens, ybersah die Gegend noch einmal mit Augen voll Freuden-Thrænen, und gieng mit
langsamen Schritten den Hygel hinunter, und in die Hytte.

Daphnis und sein Vater empfiengen ihn mit offenen Armen, das
lændliche Mittagmahl wartete schon; die freundlichen Greisen sezten sich Hand in Hand zur Tafel, und Daphnis sezte sich auch hin;
er stillete den Hunger in Eil, und verließ sie in freundschaftlichen
Gespræchen, und eilte yber den Fluß, seine Phillis wieder zu sehen.
Izt kam er an die Quelle, aber er fand sie nicht, er sah sich um; und
welch ein Schreken! Er fand die Namen, die er in die Rinden der
Bæume geschnitten hatte, ausgethan. Gœtter! rief er zitternd, soll
dieß ein Vorbote eines Unglyks seyn? Ach! wenn nur kein Unglyk
meine Phillis bedroht! wenn nur – – ach! Aber wo ist sie? ich fyrchte! ich bebe! Ach, wenn nur unsre Liebe kein Unglyk bedroht! so
sagte Daphnis, und stuhnd zitternd da, als Lamon aus dem Gebysche kam; Was wilst du hier, Daphnis! sprach er, wen suchest du?
Gewiss die Phillis! O! du wartest umsonst; Phillis liebet dich nicht
mehr; du wirst blaß! Die Ungetreue! Nein, sie liebet dich nicht
mehr; ich habe sie endlich besiegt; ich hab ihr meine grosse Herde,
alle meine Triften hab ich ihr geschenkt, und izt liebet sie mich; ja, ja
sie liebet mich, das schœnste Kind! Siehst du die Rinde von den

heruntergeschnittenen Namen unter den Bæumen? Phillis und ich, wir waren heut beym Aufgang der Sonne hier, und schnitten sie herunter. Lebe wol, Daphnis, sagte sie, die Namen herunterschneidend, ich will auch deine Spuren auslœschen. Daphnis hatte kaum die Hælfte von der Rede verstanden, er stuhnd betæubt da, seine Knie bebten, ein Angst-Schweiß floß von den Gliedern; er wære gesunken, wenn Lamon nicht unterstyzend ihn an das Ufer gefyhrt hætte. Ich will dich von dem schrœklichen Ort entfernen, Daphnis! sagt er, hier, steig in deinen Nachen, du guter Hirt! die Gœtter haben dir vielleicht ein ander Glyk vorbehalten. Ich habe recht grosses Mitleiden mit dir, du armer Hirt! so sprach er, und gieng zuryk.

Lang stuhnd Daphnis da, sinnlos, wie einer der vom entsezlichsten Traum erwacht, und schauernd noch nicht weiß, daß es nur ein Traum war; sein Herz pochte, und Seufzer drængten sich gewaltsam den bebenden Busen hinauf, izt flossen Bæche von Thrænen von seinen Augen, und izt warf er sich betæubt zur Erde. Sie ist ungetreu, rief er, sie ist ungetreu! Gœtter! und ich werde ewig unglykselig seyn! Sie, die in meinem Arm weinte, als ihr die Mutter von Lamons Liebe sagte, sie ist ungetreu! Grausame! Ach! wær ich die erste Stunde in deinen Armen gestorben! Unseliger Tag, da ich zum ersten mal dich sah! zu meinem ewigen Unglyk dich sah! doch – – nein, nein, nicht zum ewigen Unglyk! nein, die Liebe, die du so grausam belohnest, wird aus meinem Herzen weichen, und dann wird Verachtung an ihrer Stelle seyn, Verachtung gegen ein Mædchen, das den zærtlichsten Jyngling an eine grosse Herde vertauschet! so sagt' er voll Zorn, und glaubte die Liebe leicht zu bekæmpfen; aber Wehmuth und zærtlicher Schmerz besiegten bald den Zorn. Ach! wie glyklich wær ich gewesen, grausame Phillis! wie glykselig wær ich gewesen, glyklicher als alle Menschen, wærst du nicht ungetreu; izt bin ich unglyklich! so unglyklich ist niemand mehr! Alles wird um mich her traurig seyn; das Rieseln der Bæche wird mir nicht mehr gefallen; der Gesang der frohen Vœgel wird meine Trauer mehren; die Hize der Sonne und der kyhle Schatten, beyde werden mir gleichgyltig seyn, und meine Schafe werden ohne Hirten irren, denn er wird fyr sein eigen Leben keine Acht mehr haben. Ich will zurykgehn an die Quelle, wo ich in meinen Arm gedrykt voll Inbrunst dich kyßte, wo du, grausame Phillis, voll

Inbrunst mich kyßtest. Ach! ich will hingehn, die lezten Thrænen an dem unseligen Ort zu weinen!

So klagte Daphnis, und gieng an die Quelle zuryk. Hier ist es, sagt' er, ach! hier ist es, wo so manche selige Stunde in deiner Umarmung verfloß! hier lagest du, Grausame, am Bach, da ich dich das erste mal fand! Und hier! hier! ô Entsezen. hier ligt die Rinde, die deinen Namen trug, von deiner eignen Hand heruntergeschnitten! Aber – – – ach! wenn es nicht wahr wære? Wenn Lamon mich betrogen hætte? Ach entzykender Gedanke! ach! ich fyrchte, ich fyrchte! eine falsche Hofnung! ich war deiner nicht wyrdig, Phillis! Ist Lamon nicht liebenswyrdiger, als ich? Ich war deiner nicht wyrdig! Ach verzeihe, verzeihe, Lamon, daß falsche Hofnung dich ungerechter Weise zum Betrieger machen wollte! Izt rauschte jemand durchs Gebysch, er sah sich um, und sah die Phillis, er bebte, sie ward blaß, und sah ihn seitwerts an; was thust du hier, Daphnis? sagte sie, ich wære nicht hergekommen, wenn ich geglaubt hætte, dich hier zu finden; ich will gehn, ich kann mein Band, das ich hier verlohren habe, ein ander mal suchen. Zyrnst du, Grausame! daß du mich noch einmal sehen must? sagte Daphnis. Izt that sie, als ob sie ihr Band suchte, und gieng gebykt hin und wieder, und Daphnis fieng auch an zu suchen. Es ist das Band von dir, das ich sonst mit dem Kranz in die Haare flocht, sagte Phillis, behalt es immer; wenn du es findest, du kannst es deinem neuen Mædchen geben. Mein Band war dir zu gering, Lamon hat schœnere Bænder, sagte Daphnis, vielleicht ligt es dort unter den heruntergeschnittenen Rinden verborgen. So sagten sie suchend, aber izt konnte Daphnis nicht mehr, der heftigste Schmerz machte ihn stumm, sie schwiegen beyde und suchten. Izt war er der Phillis unvermerkt næher gekommen, da hœrt' er sie seufzen, er sah ihr ins Gesicht, und sah sie weinen. Du weinst, Ungetreue! sagte Daphnis, du weinst! Phillis sah ihn thrænend an, und sah ihn weinen; du weinst, Ungetreuer! sagte sie schluchzend, du weinst! Ja Ungetreuer! weine, ein Mædchen zu sehn, das du unglyklich machst, ewig unglyklich! Izt verbarg Phillis das schœne Gesicht voll Thrænen mit den kleinen Hænden, und schluchzte daß der Busen bebte. Izt sank Daphnis vor ihre Fysse, und nahm ihre Hand, und drykte sie voll Inbrunst an seinen Mund, und nezte sie mit Thrænen. Ach Phillis! sagt' er schluchzend, liebste ungetreue Phillis! du weinst, ô! weine bey meinem Unglyk! Grausamer! sagte Phillis voll Wehmuth, du nennest mich ungetreu, mich, die dich yber alles liebt, und du machst mich unglyklich, Treuloser! und liebst ein ander Mædchen! Izt stuhnd Daphnis auf; ich, rief er, ich ungetreu! Ihr Gœtter! strafet mich, wenn ich ungetreu bin! Und, Phillis – ach! bist du nicht ungetreu? Liebst du den Lamon nicht? – – Tæusche mich nicht, Phillis? Hast du die Rinden nicht von den Bæumen geschnitten? Lamon fand mich heut am Bach, wen suchest du? sagt' er, die Phillis? Armer! sie liebt dich nicht mehr, sie liebet mich; heut hat sie die Rinden von den Bæumen selbst heruntergeschnitten, um auch deine Spuren auszulœschen.

Phillis stuhnd da, ganz erstaunt, izt fiel sie dem Daphnis um den Hals. Wir sind betrogen! rief sie, grausamer Lamon! wir sind betrogen! Gestern, liebster Daphnis, gestern weint' ich hier, als ich umsonst dich erwartete, ich sah mich um, da sah ich die Rinden der Bæume heruntergeschnitten! O wie erschrak ich! Ich stund halb eingesunken da, als Lamon aus dem Gebysche kam. Arme Phillis! sagte der Betrieger, du suchest den Daphnis, du erschrikest, da du hier die Namen heruntergeschnitten findest; du weissest noch nicht, ach! daß ich die schrœkliche Nachricht dir sagen muß! du weissest noch nicht, daß Daphnis dir ungetreu ist, ja, Daphnis ist ungetreu; gestern kam er mit einem andern Mædchen, und schnitte die Namen herunter; ich will dich vergessen, Phillis! sagt' er, ich will dich ewig vergessen; da kyßt er sein Mædchen, und gieng mit ihm zuryk. Ich hœrt' es, und sank zur Erde; da hub mich der Betrieger auf; Arme Phillis! sagt' er, komm! ich will dich in deine Hytte fyhren; krænke dich nicht, der Treulose ist deiner Thrænen nicht werth. Ach Phillis! wenn du mich liebtest, du wyrdest glyklich seyn; meine grosse Herde, meine Triften wæren dein; so sagte der Betrieger, und fyhrte mich in meine Hytte. Ich weinte, Daphnis! ich weinte die Nacht durch; und heute, ach! was hab ich gelitten! Ich will hingehn, sagt' ich, diesen Abend will ich hingehn, an den Bach, wo ich so oft in des Treulosen Armen lag, und weinen; ich gieng hin und fand dich, ich entsezte mich dich zu sehen, und war doch wie entzykt; ich hatte kein Band zu suchen, aber ich wollte bœse thun. Ach! wie schwer war es mir! ich fieng an zu weinen; du weintest auch, liebster Daphnis! ach welch ein Glyk, daß wir uns wieder gefunden!

Der grausame Betrieger! sagte Daphnis, wie glyklich, daß sein Betrug uns nicht længer getæuscht hat! liebste Phillis! Liebster Daphnis! sagten sie, sich auf das zærtlichste umarmend, sich an einander drykend. Ach! sagte Daphnis, verzeihest du mir, daß ich dich ungetreu geglaubt habe? Ach! Daphnis! sagte Phillis, Daphnis! bist du nicht bœse, daß ich dich ungetreu glaubte, daß ich bœse that! Izt antworteten sie sich mit Thrænen, und tausend Kyssen; er kyßte sie voll Inbrunst auf die weisse Stirne, auf die Wangen, auf die Lippen und auf die thrænenden Augen; und sie kyßt' ihm einen Kranz von Kyssen um das ganze schœne Gesicht.

Phillis fragt' izt, warum er den vorigen Tag nicht an die Quelle gekommen wære; und Daphnis erzehlte, wie ihn der Fluß weggenommen; und Phillis zitterte; und dann erzehlt' er von den gutthætigen Fischern. Phillis dankte den Gœttern, und bat sie, die Fischer zu segnen; und izt erzehlt' er von dem Greis, den viele Lasterhafte aus seiner Vater-Stadt gejagt, und wie er ihn den Fluß hinaufgefyhrt habe. Phillis, voll Mitleiden fyr den Greis, und voll Freude, so einen mitleidigen Hirten zu lieben, umarmt' ihn mit Entzykung; sie hætt' ihn izt noch mehr geliebt, als zuvor, wenn es mœglich gewesen wære, ihn mehr zu lieben. Phillis sagt' izt, wie sie der Mutter erzehlt habe, daß sie bey des Daphnis Vater gewesen, und wie die Mutter geweint habe, als sie von Amynten, seinem Vater, hœrte, und wie sie ihr befohlen, ihn in ihre Hytte zu fyhren.

Komm izt mit mir, liebster Daphnis! sagte sie, ihm die Hand drykend. Allerliebste Phillis! sagt' er, ich bin der glykseligste in der ganzen Welt! Ach! wie konnt' ich an deiner Liebe zweifeln? ich bin nicht wyrdig, daß du mich liebest, nein, ich bin – – Izt kyßt' ihn Phillis schnell voll Zærtlichkeit auf die Lippen, daß er seine Vorwyrfe nicht mehr sagen konnte.

Inzwischen giengen sie durchs Gebysche, nach der Phillis Hytte. Kaum waren sie unter dem grynen Vordach, so rief Phillis schon: Liebe Mutter! hier ist mein Daphnis! Sie hypfte izt in die Hytte, Daphnis folgt' ihr, und die alte Mutter gieng ihm voll Freud' entgegen. O Sohn des tugendhaftesten, des besten Freundes! sey willkommen! sagte sie, wie glyklich, daß du meine Tochter gefunden hast! die Gœtter haben euch einander zu lieben bestimmt, die Gœtter werden euch segnen! Daphnis mußte sich neben ihr sezen, und

Phillis hatte Feigen, Granatæpfel und Trauben hergebracht, und sezte sich auch neben den Daphnis. Phillis nahm die grœsseste Traube, und legte dem Daphnis die erste Beere auf die Lippen, und die andre aß sie, und so fuhr sie fort, bis die Traube aufgegessen war; die Mutter sah ihnen læchelnd zu, und ordnete indeß, daß in drey Tagen Hymen sie auf ewig verbinden sollte; noch ehe die Weinlese kæme, denn die Blætter waren schon roth und gelb, und die reifen Trauben lachten dem Winter zu. Daphnis kyßte die Phillis; ach! wie werd ich froh seyn, sagt' er, wenn ich das Morgen-Roth des dritten Tages erblike!

Ihr liebsten Kinder! hub izt die Mutter an, indem sie beyden die Hænde drykte, ihr Trost und Freude meines Alters! Welche Seligkeit in den wenigen Jahren, die mir noch vergœnnt sind, welche Seligkeit wird es seyn, euer Glyk zu sehn! Und, wie selig ist es, wenn Tugendhafte mit Tugendhaften sich verbinden! sie finden sich immer liebenswyrdiger, solche Liebe stirbt nimmer. Ach! Kinder! ich muß weinen! (izt stokt' ihr die Rede) ach! ich weiß es, ich weiß, wie selig es ist! in des Tugendhaften geliebtesten Arm, ist auch das Elend nicht bitter. Ach! Palemon! Palemon! Ja, die Gœtter sorgten fyr euch, ihr Kinder! ihr habt euch zur rechten Stunde gefunden; vielleicht hættest du, Kind! aus Liebe zu mir den Lamon erhœrt, und wærest vielleicht unglyklich gewesen, wenn gleich seine Triften vom Schilf des Flusses bis an den Fuß des fernen blauen Berges sich zœgen, und wenn seine Schafe und seine Rinder unzæhlbar sie dekten. Ich will euch was erzehlen: Palemon half einst dem Timetas, dem Rebmann, auf seinem Hygel die wenigen Reben bauen; rings um ein altes Grabmal her, das auf dem Hygel stand, umgruben sie die Erde, und fanden einen Schaz. Siehe, sprach Timetas, was ich niemals wagte zu hoffen, ein grosser Schaz! die Hælfte sey dein, wie haben wir Arme viel Elend! wir arbeiten von der Morgen-Sonne bis zu der Abend-Sonne; und was haben wir dann gewonnen? Schlechte Speisen und myde Glieder. Ich brauche deines Schazes nichts, sprach Palemon, behalt ihn ganz. O! die Armuth sey mir gelobt, wenn es Armuth ist, und die Arbeit; sie hat meine Glieder gehærtet, und die Mittags-Sonne brennet mich nicht. Und du freuest dich nicht, Palemon, yber den gefundenen Schaz, sprach Timetas? Nein, Timetas, ich freue mich nicht yber den gefundenen Schaz, sprach Palemon; hætt' ich allein ihn gefunden, ich hætt' ihn schon wieder tiefer in die Erde gegraben. Was hætt' ich gefunden? Hætt' ich mich etwa dann myssig auf die Wiesen gelagert, fein in den kyhlenden Schatten, und zugesehen, wie mein Nachbar den Aker umpflyget, oder im Schweiß seine Reben baut, oder wie der Hirt sorgfælltig seiner Herde wacht, oder gegæhnt; oder hætt' ich dann mehr gegessen, oder mit mehr Begierde? ô! schæme dich, laß uns den Schaz begraben. Palemon! sprach Timetas, bald begrab ich den Schaz. O! wie froh bin ich, fuhr Palemon fort, wann ich vom gesunden Schlaf mit neuen Kræften erwache, dann singen mir die fryhen Vœgel zur Arbeit, und die Morgen-Sonne gryßt mich mit hellen Strahlen; froh geh ich dann an des Tages Arbeit, und singe, auf dem Feld, wo ich die kleine Herde hyte, oder mein kleines Feld baue, oder wann ich dem Nachbar helfe, sein Feld 4bauen. Dann wyrzt mir die Arbeit die schlechte Speise, und erhælt mich gesund. O! wie froh bin ich dann, wenn ich des Abends myd in die Hytte gehe, wenn das dankbare Weib mich in die Arme empfængt, und meinen Durst zu lœschen, mir einen Krug voll frischen Wassers bringt, oder Most, wenn es zureicht, und meinen Hunger stillet, mit Brod, und Kæse, und Frychten! O! wie froh bin ich dann, und wenn ich das Land hætte von den Clibanischen Gebyrgen bis zu den Sand-Hygeln am Jonischen Meer, ich kœnnte nicht froher seyn! Laß uns den Schaz begraben, sprach Timetas, er taugt uns nichts. Und da begruben sie den Schaz. So erzehlte die Mutter, und sagt' ihnen, daß der Tugendhafte immer reich sey; und freute sich mit ihnen, bis das Abend-Roth anfieng, durch das gryne Vordach zu scheinen.

Daphnis mußt' izt gehen; geh, sagte die Mutter, geh, sage deinem Vater, daß ich die glykseligste Mutter bin; und Phillis gieng mit ihm aus der Hytte, und begleitet' ihn bis an das Ufer. Daphnis! sagte sie izt, und umschlang ihn mit ihren zarten Armen: In drey Tagen soll Hymen uns verbinden; wie glyklich werden wir seyn? Was gleichet unserm Glyk, Daphnis? wie wird unser Leben dahinfliessen? Ach Phillis! sagt' er, sie auf das zærtlichste umarmend, es wird seyn wie ein bestændiger Fryhling; ja, sagte sie, wie dieser Bach wird es dahinfliessen, der hier durch Blumen fließt; zwar, mein Liebster! zwar sieht man auch oft eine Distel oder ein Dorn-Gebysch an seinem Ufer, es werden auch trybe Tage den Fryhling unterbrechen; aber, wenn wir tugendhaft sind, in deinem Arm, Geliebtester! werden mir auch die Dornen Rosen tragen, werden auch die tryben Tage wie Sonnen-Schein seyn. Ja, mein Kind! sagte Daphnis, und mein Vater sagt mir oft: Werde nicht ungedultig, wenn du unglyklich wirst; mich besuchte auch das Unglyk, aber wenn es weggieng, wenn das Glyk mich wieder umfieng, denn fyhlt' ichs, daß ich glyklich war. Ja, Daphnis, sagte sie, da wir uns liebten, ohne Hofnung uns zu finden, da waren wir unglyklich; wie fyhlten wir da unser Glyk, als wir uns fanden! da wir uns ungetreu glaubten, da waren wir unglyklich; wie glyklich waren wir da, als wir den Betrug entdekten!

So sprachen sie, und stuhnden izt am Fluß; sie kyßten sich noch, und Daphnis stieg da in den Nachen, und Phillis rief ihm zitternd nach, Sorge zu tragen, daß ihn der Fluß nicht wegnehme; ihr Auge sah ihm bang nach, bis er an dem andern Ufer stuhnd, da rief sie ihm noch freudig zu, und er rief ihr zuryk.

Als Daphnis yber dem Fluß war, da sah er einen Mann vor einer nahen Hytte stehen, er weinte bey dem Mann aus der Hytte; ach! sagte der Mann, ich armer! ach! ich wære nicht unglyklich, wenn es dieses Kind nicht wære, das hier neben mir im Gras spielt. Ach! liebes, unglykliches Kind! Aber nein, du bist nicht unglyklich, du læchelst zufrieden im Gras, froh, und weinest nur, wann du mich weinen siehst; ich sehe dein Læcheln, und weine, Kind! und weine! Ach! fuhr er fort, ich wohnte dort auf dem Berg, diesen Fryhling stuhnden meine Bæume voll Blythen, und die Pflanzen meines Gartens wuchsen schœn empor, da kam ein Regen-Guß, und ein Strohm von gesammeltem Wasser nahm mir meine Hytte und meine Bæume und meinen Gartenweg, und welzte Schlamm und Felsen-Styke hin, wo die Hofnung meiner Erhaltung blyhte.

Daphnis gieng seufzend voryber; gesegnet sey der Mann, sprach er, der Unglyklichen beysteht; die Gœtter sehens und segnen ihn. Aber, Gœtter! warum bin ich arm? ich sah, ach! ich sah den Unglyklichen, und mein Herz wallete auf, voll Mitleiden, voll Wehmuth, daß ich ihm nicht helfen kann! ach! ich fyhls, ich fyhls, wie selig ich seyn wyrde, wenn ich ihm helfen kœnnte! Ach! warum bin ich arm? Gœtter!

So traurig gieng Daphnis in die Hytte zuryk; kaum mocht' er den Greisen erzehlen, daß er in der Phillis Hytte gewesen, und daß ihn in drey Tagen Hymen verbinden werde.

Die Sonne kam wieder, und Aristus stuhnd schon im bethauten Gras vor der Hytte, Daphnis kam auch und sein Vater; und izt bat sie der Greis, mit ihm durch die Wiesen zu gehen; sie folgten ihm, und er fyhrte sie auf einen nahen Hygel, von dem man die ganze Gegend ybersah, und den ringsum Frucht-tragende Bæume in den grynen Schatten nahmen. Fettes, hohes Gras beschattete die kleinen Furchen, in denen man das klare Wasser durch die Wiese aus einem rieselnden Bach leitete, der den Hygel hinunter zwischen Rosinen- und Brombeer-Gestræuch rauschte, und von der einen Seite des Hygels zog sich ein gebauetes Feld weit in die Ebne hinunter, und mitten auf dem Hygel stuhnd eine Hytte und eine Weinkelter, und vor denselben beschattete der aufgeworfenen Rasen eine Laube von Hollunder-Gestræuch.

Izt umarmte Aristus den Amyntas und seinen Sohn. Du mein Freund! und du mein Sohn! sprach er, diese Hytte, und diese Bæume, und dieser Hygel gehœren euch zu, ich ybergebe sie euch; gestern hab ich den Hygel erkauft, und ich will bey euch wohnen, in dieser Hytte, unter diesen Bæumen, an diesen Quellen soll mein Alter verfliessen; und wenn ich sterbe, ihr Freunde! wenn ich, ô Amyntas! in deinen Armen sterbe, dann begrabet mich dort zwischen den zween schattichten Bæumen, wo die blauen Lilien blyhen. Amyntas vermochte vor Entzyken, vor Erstaunen, lang nichts zu sagen. Ach! sagt' er endlich, seinen Freund umarmend, ach Freund! wie grosmythig bist du! Ach! wie froh wird mein graues Alter in deiner Umarmung dahinfliessen! Daphnis! wenn wir dann sterben, Daphnis! dann begrab uns neben einander unter den Lilien; und dann sollen die Bæume bey dir und deinen Kindern Aristus und Amyntas heissen.

Mit traurigem Stillschweigen hœrte der zærtliche Sohn den Befehl, und izt giengen sie zu oberst auf den Hygel in die Laube. Daphnis sah sich um, und entdekte yber dem Fluß seiner Phillis Hytte; er hypfte vor Freude an dem Ort, wo er stand, und rief die Greisen herbey, und wies ihnen voll Entzyken die Wohnung seines Mædchens. Lang sah er aufmerksam hin, ob er nicht etwa seine

Phillis unter dem grynen Vordach, oder durch die grynen Ranken am Fenster in der Hytte sehen kœnnte, aber er konnte sie nicht sehen; und izt sang er voll Freude ein Lied, so laut, daß sie es in ihrer Hytte leicht hœren konnte. Dann gieng er, die geraume Hytte zu besehen, die reinlich und bequem war, ungeschmykt; aber die Morgen-Sonne mahlte schwebende Schatten von Aesten und Rosen-Gestræuch, die vor den Fenstern winkten, an die weissen Wænde. O Aristus! rief er entzykt; und hypfte zu ihm hin, und kyßt' ihm die Hand; izt gieng er um die Hytte herum, und fand aller Orten einen Wald von schœnen Bæumen, deren Aeste mit Stæben unterstyzt unter der Last der Frychte gegen das hohe Gras hinuntersanken, und von einem Baum zum andern Bogen von Reben herybergezogen. Ach Phillis! welche Freude hab ich dir zu sagen! Dieß soll unser Wohn-Ort seyn! O gytiger Aristus! rief er, und hypfte noch einmal zuryk, ihm die Hand zu kyssen. Aristus sah die Freude des Vaters und des Sohns, und fyhlte das gœttliche Entzyken, das nur Gott und der Grosmythige fyhlt; welche Seligkeit, das dankende Entzyken derer zu sehen, denen wir Gutes gethan?

Daphnis gieng izt freudig den Hygel hinunter, um seine kleine Herde auf das Feld zu fyhren; und Aristus und Amyntas blieben in frohen Gespræchen an der Morgen-Sonne auf dem Hygel. Als er izt hinter der Herde hergieng, da sagt' er zu sich: Izt hab ich einen Hygel, und die Hytte wird izt leer; und izt ihr Gœtter! ihr habt es erhœrt, da ich seufzte; und izt kann ich dem Unglyklichen helfen, den ich gestern sah; ich will meinen Vater bitten, daß er ihm die Hytte schenke; so sprach er, und kam indeß zu den andern Hirten. Er fieng freudig an, ihnen zu erzehlen, wie der Greis ihm den Hygel gekauft habe, und daß ihn morgen Hymen mit der Phillis verbinden sollte, und bat sie dann alle, an diesem Fest zu erscheinen. Glyk zu! Daphnis! sagten die Hirten alle, du bist deines Glykes wyrdig; wir wollen bey deinem Fest erscheinen, mit frischen Krænzen, und wol gestimmten Flœten, und mit Mædchen. Izt huben sie an zu erzehlen, wie sie sich freuen wollten; sie probierten ihre Flœten, und jeder wæhlete sich schon sein Mædchen. So bald der Mittag kam, gieng Daphnis weg; und die Hirten versprachen ihm alle noch einmal, so bald der Morgen komme, auf seinem Hygel zu seyn.

Daphnis wollte izt in die alte Hytte gehen; aber er fand den Aristus und seinen Vater schon nicht mehr da. Wie sehr erstaunte

Daphnis, als der Unglykliche, den er den Abend zuvor gesehen hatte, ihm entgegen gieng. Ach Daphnis! Daphnis! sprach izt der Mann, indem hæufige Thrænen von seinen Augen flossen, wie soll ich euch danken? Wie soll ich das Entzyken, die Dankbarkeit dir sagen? Keine Worte, meine Freuden-Thrænen selbst kœnnen es nicht! Ach ihr Gœtter! wie selig ist der Mann, durch den ihr Gutes thut! Daphnis! dein Vater, ach! er hat mir diese Hytte, und diese Bæume geschenkt. Daphnis ganz entzykt umarmte den Mann: Er-zehle, sagt er, erzehle mir die frohe Geschichte: Wie hat dich mein Vater gefunden? Heut, fuhr der Mann fort, las mein Kind Aepfel an deinem Hygel; da kam dein Vater, und nahm es auf seine Schoos, und fragt' es, wer sein Vater wære; Philetas, stammelte das Kind; und wo ist eure Hytte? Da weinte das Kind: Wir haben keine Hytte und keinen Garten, und keine Bæume mehr. Izt fragte Amyntas, wo ich wære; und befahl ihm, mich zu ihm zu fyhren; da hypfte das Kind von seiner Schoos, und lief zu mir, und fyhrte mich zu deinem Vater; ich mußt' ihm mein Unglyk erzehlen; Philetas, sprach er, die Hytte, die dort yber der Wiese steht, und die Bæume, die sie be-schatten, sollen deine Hytte und deine Bæume seyn; ich wohne izt hier auf dem Hygel, sey du mein Nachbar und mein Freund. Ach! ich glaubte, die Stimme eines Gottes zu hœren, ich besorgte zu træumen; ich konnt' ihm nicht danken, ich konnte nur weinen. Izt schwieg Philetas, und sah gen Himmel. Inzwischen daß sie so spra-chen, hatte das unschuldige Kind die kleinen Arme um des Daphnis Knie gewunden, und læchelte zu ihm herauf, als ob es ihm Dank zulæchelte. Lebe glyklich, Philetas! sprach Daphnis, in deiner Hytte, und deine Bæume seyen gesegnet; und hob indeß das Kind auf seinen Arm, und kyßt' es, indem es læchelnd mit der kleinen Hand in seinen Loken, und auf seinem glatten Kinne spielte.

Daphnis gieng izt auf seinen Hygel, und erzehlte da sein unver-muthet Entzyken, und so bald er konnte, eilt' er yber den Fluß, aber Phillis war noch nicht an der Quelle. Er legte sich unter einer Weide in den Schatten, und die Hize des Mittags und das Rauschen des Bachs schlæferten ihn ein. Plœzlich wekt' ihn eine Hand voll Blu-men, die ihm ins Gesicht geflogen war; schnell sah er auf, und sah die Phillis læchelnd vor ihm stehn; er wollt' ihr in die Arme hypfen, und sah izt, daß er vest gebunden war, er suchte sich los zu reissen, aber er konnte nicht, und Phillis lachte, daß ihr der Blumenstrauß vom Busen fiel. Du loses Mædchen! sagte Daphnis, warte, warte, bis ich mich los gebunden habe; warte nur, ich will mich dann ræchen! So sagt er lachend, und umsonst sich hin und her windend; ræche dich nicht, Daphnis! sagte das Mædchen, bis ich dich los gebunden habe; wie willst du dich ræchen? Ich will dich kyssen, sagt' er, so sehr will ich dich kyssen, bis dein ganzes Gesicht wie eine Rose glyhet! Nein, Daphnis! sagte sie, nein, ich binde dich nicht los, bis du mir versprochen hast, mich eine ganze Stunde nicht zu kyssen. Phillis – sagt' er, wie kann ich das versprechen! Aber Phillis band ihn nicht los; ich will dich nicht kyssen, rief er endlich, und da band ihn das Mædchen los. Izt wird er sein Versprechen nicht halten, dachte sie, aber er zwang sich schalkhaft zur Rache, und saß da, und kyßte sie nicht; er hatte wenig Augenblike gesessen, da læchelte sie ihn lystern an, aber er kyßte sie nicht. Daphnis, sagte sie izt, ich glaube die Stunde ist vorbey. Vorbey? sagt' er, du hast lange Weile, noch nicht der vierte Theil der Stunde. Izt læchelte Phillis beschæmt, und wartete wieder. Ach! izt ist sie gewiß vorbey, sagte sie. Du triegest dich, Phillis! sagte Daphnis; noch nicht die Hælfte. O Daphnis! sagt' izt Phillis, du hast dich genug gerochen; ists dir so leicht, mich nicht zu kyssen? Izt schmiegte sie sich in seine Arme, und legt' ihre Wangen auf seine Lippen, und sah ihn schmachtend-læchelnd an. Izt lachte Daphnis, und drykte sie an seine Brust, und regnete Kysse auf ihre Wangen.

Ach Phillis! sagt' er, immer durch Kysse unterbrochen, ach Phillis! wie schwer ist mir die Rache geworden? Und wann es meine ganze Herde gegolten hætte, so hætt' ich nicht længer verweilen kœnnen! Aber Phillis! sprach er mit Ernst im Gesicht, ach! was hab ich dir zu sagen? Gœtter! welche Freude! Heute hat mein Vater einem Unglyklichen geholfen; heute, glyklicher Tag! heute sah und vergoß ich Thrænen der Redlichkeit und des Danks. O wie sind sie lieblich die Thrænen, die Tugend und redlicher Dank auf die Wangen giessen! Lieblicher, viel lieblicher als der Thau, der im Fryhling auf Blumen zerrinnt! Aber hœre, meine Geliebte! ich muß dir alles erzehlen. Aristus, der Greis, hat mir einen grossen Hygel gekauft, der Gras trægt, das mir bis an die Hyften reicht, und einen Wald von Fruchttragenden Bæumen, und eine grosse Hytte darauf, und eine Quelle. O Phillis! Wie unsre Herzen in Dank zerschmolzten! Aristus weinte auch; ô selige Thrænen dessen, der vor Freude weint, weil er Gutes gethan hat! Ein Unglyklicher kam, dem ein Berg-Strohm Hytte und Bæume geraubt hat, da schenkt ihm mein Vater unsre Hytte und Bæume. O der redlichste Mann! Er weinte Freuden-Thrænen in meinen Armen! Phillis schluchzte bey der Erzehlung, und Daphnis kyßte die Thrænen von ihren Wangen, daß nicht eine davon in den Busen entfiel. Wie schœn wird es seyn, Phillis! fuhr er fort, wenn unsre Schafe in dem hohen Gras um den Hygel her sich verlieren? indeß daß ich der Bæume warte, und du des Gartens, oder daß wir uns umarmend im Schatten ligen, und den Gœttern danken. Ach Daphnis! Daphnis! sagte izt Phillis, voll der zærtlichsten Freude ihn an die weisse Brust drykend, ach wie glyklich sind wir! zwar wær ich auch arm glykselig bey dir gewesen, in kleiner sinkender Hytte, im einsamen Wald, da wæren mir die Blumen des Grases, wolriechende Rosen, und die Frychte des wilden Gestræuches, und die Wurzeln der Kræuter sysse Speisen gewesen; aber die Gœtter schenken uns noch Bequemlichkeit und Ueberfluß. Ach wie entzykt mich unser Glyk, weil es auch dein Glyk ist!

Komm, liebe Phillis! sagte Daphnis, indem er sie kyssend von seiner Schoos aufhub; komm, wir wollen dort auf den Hygel gehen, wo die Kyrbise stehn, vielleicht sehen wir da unsern Hygel; und izt giengen sie auf den Hygel. Im Schatten der breiten Kyrbis-Blætter sah Daphnis sich um; izt hypft' er; Phillis! rief er, siehst du dort unsern Hygel, dort, yber meinen Finger hin, der mit den vielen schœnen Bæumen. Ja, Daphnis! ja! rief Phillis, ich seh ihn, und die Quelle; wie sie daherfließt durch das Gras und Gestræuch! Ich seh auch die Hytte, Daphnis! sie ist gros und schœn; wie sich die Bæume yber ihr die Arme bieten! wie man beym Tanz sich die Arme bietet, und dann ein Mædchen oder ein Jyngling unten durchschlypft. Ich seh auch eine Laube, eine lange, gryne Laube vor der Hytte. Ach lieber Daphnis! umarme mich! ô wie glyklich werden wir seyn! ach! ich sehe schon, ich fyhle schon die mytterliche Freude; ich seh' es, wie ich in der Laube size, und mit dem læchelnden Kind auf der Schoos spiele, indeß da die andern um uns her im Grase plapern und mit Blumen spielen, oder unter den jungen Schafen, gleich gros im Grase hypfen. Ach! welche sysse Hofnung! Aber du! wer ist der, geschwind, wer ist der, der aus der Hytte in die Laube geht, mit grauem Haupt? O Phillis! es ist Aristus, sagte

Daphnis. Ach Aristus! rief das Mædchen ganz entzykt, du guter Aristus! du Vater!

Liebstes Kind! sagt' izt Daphnis, indem er sich zwischen den Ranken der Kyrbise sezte, und sie auf seine Schoos nahm, liebstes Kind! ach wie glyklich bin ich! du liebest, ach du liebest mich! dieß allein, ja dieß allein macht mich glyklich! Ach was fyr Freude, was fyr Entzyken, fyhl ich, die ganze Zeit, daß ich dich liebe! Wyrdest du mich nicht lieben, ô so wyrden alle Hygel, alle Herden, alles, alles wyrde kein Glyk seyn! Aber in deinem Arm, Kind! in deinem Arm bin ich der Glykseligste! Morgen soll ich vor Amorn schwœren, daß ich dich lieben wolle. Ach Phillis! wenn mein Haupt einst grau ist, wenn mein Herz das lezte mal bebt, dann wird es noch so voll Liebe seyn, wie es izt ist. Ach Daphnis! liebster Daphnis! sagte Phillis, und drykte seufzend ihre Wangen zærtlich an seine Wangen.

Sie sassen izt voll Entzyken da, und kyßten sich und schwiegen. Phillis! hub Daphnis wieder an, alle Hirten und alle Mædchen freuen sich yber unser Glyk; alle, die um unsern Hygel wohnen, haben mir versprochen, an unserm Fest zu erscheinen; und ich werde sie in unsrer Laube bewirthen. Und die Hirten und die Mædchen um unsre Hytte, sagte Phillis, haben mir auch versprochen, an unserm Fest zu erscheinen. So sprachen sie, und freuten sich, so viele Leute zu wissen, die sich als Freunde mit ihnen freuen.

Indeß, daß sie so sprachen, kam der Abend. Daphnis stuhnd auf, um yber den Fluß zu gehen; Hand in Hand giengen sie den Hygel hinunter; ach! sprach Daphnis, wie froh werd ich seyn, wenn es Morgen-Roth ist! O wie werd ich den Tag begryssen! mit welcher Freude! mit welchem Entzyken! so bald es Morgen-Roth ist, Phillis! so bald es Morgen-Roth ist, will ich vor deiner Hytte seyn. Noch eh' es Morgen-Roth ist, sagte Phillis, noch eh' es Morgen-Roth ist, werd ich dir voll Ungeduld durchs Laub am Fenster entgegen sehen; und wenn ich dich kommen sehe, dann wird mir vor Freude das Herz hypfen; ich werde weinen vor Freude, als ob ich dich recht lange nicht gesehen hætte; ich werde dir entgegen rufen, wie die junge Schwalbe, wenn die Mutter mit Speise im Schnabel herfliegt; ja, sagte Daphnis, sie kyssend, ich bringe dir auch Speise auf meinen Lippen, tausend Kysse bring ich dir.

So sprachen sie, bis Daphnis in den Nachen gestiegen war.

# DAPHNIS.

## *DRITTES BUCH.*

IN frohen Træumen schliefen sie beyde die Nacht durch. Kaum begryßte die fryhe Schwalbe unterm Dach den kommenden Morgen, als plœzlich dem Daphnis das Gesang vieler Flœten und vieler Mædchen den Traum verjagte. Die Hirten und ihre Mædchen kamen schon gesammelt Hand in Hand den Hygel hinauf, und sangen dem Daphnis ein frohes Hochzeit-Lied vor der Hytte. Voll Entzyken hypfte Daphnis auf. Sey mir gegryßt, rief er oft, sey mir gegryßt, seligster meiner Tage! Dann hypft' er bekrænzt, sein braunes Haar mit einem neuen Band aufgebunden, festlich geschmykt hypft' er unter die Mædchen und die Jynglinge, die ihm freudig zujauchzten, und bey denen Aristus und Amyntas schon stuhnden, und sich freuten, daß sie bey des Sohnes Fest erschienen.

Izt giengen sie den Hygel hinunter, und die Greisen sahen ihnen freudig nach; sie hypften an den Fluß, und in die Nachen, die schœn ausgeschmykt, jeder mit einer grynen Laube, an dem Ufer stuhnden. Sie fuhren singend an das andere Ufer, wo viele Nachen, auch mit Lauben und langen Bændern, auf die Mædchen und die Jynglinge vom andern Ufer warteten. Izt hypften sie wieder aus den Nachen, banden sie fest, und giengen mit lautem Gesang nach der Phillis Hytte, wo ein grosser Trupp von Mædchen und von Jynglingen gesammelt stuhnd. Freudig mischeten sie sich unter sie hin; aber Daphnis hypfte bald in die Hytte, wo ihn Phillis mit tausend Kyssen begryßte.

Indessen warteten die Mædchen und die Jynglinge mit Gesang vor der Hytte. Ein schœner junger Hirt mit langen goldnen Loken hatte die Jynglinge und die Mædchen von dem andern Ufer aufgefyhrt; eine Leyer von Elfenbein unter seinem Arm tragend, glich er dem schœnen Apoll, als er unter den Schæfern war; es hielten ihn auch viele fyr einen Sohn dieses jugendlichen Gottes. Auf selbigen Triften war kein Hirt so schœn, keiner so weise; er hatte eine Kenntniß von dem Einfluß des Gestirns, und von den Wyrkungen der Kræuter, und war als Jyngling schon das Orakel weit umligender Gegenden; er war der beste Lieder-Dichter, ein jedes neues Lied von ihm sang gleich die ganze Gegend; er besang die Tugend, die jugendlichen Freuden und den Amor, und seine Lieder wurden in den Tempeln bey den Festen gesungen. So oft er bey der Herde auf der Flur saß, sammelten sich die Mædchen und die Jynglinge, und baten ihn, ein Lied in die Leyer zu singen; sie lagerten sich dann um ihn her, wie die Læmmer bey der Mittags-Hize um den Stamm eines Baums sich herlagern, der Aeste mit Schatten yber sie aus-strekt. Seine Lieder tœnten so herrlich in die Saiten, daß alle sich vergassen, und unter den Gœttern zu seyn glaubten. Die Natur hatte ihm noch mehr Geschiklichkeit verliehen, denn er wußte kynstlich Bilder in Holz zu schneiden, die er in den Tempeln auf-stellte; die Bilder der Nymphen in der Grotte waren von seiner kynstlichen Hand; und in den nahen Hain hatt' er das Bildniß des Pans unter die hoheste Eiche gestellt.

Einmal hatt' er den Amor gebildet; man hætte den kleinen Gott in dem Bilde gekannt, wenn er auch ohne Pfeil und Kœcher gewesen wære; das frohe Læcheln des Knaben und seine lebhafte Stellung verriethen, daß es Amor war. Er stellte dieses Bild in seinem Baum-garten in eine Laube. Einmal sang der Jyngling beym Mond-Licht in der Laube, ein bezaubernd Lied von der Liebe, da hœrt' er ein Rau-schen, sanft wie wenn Zephir im Laube spielt, oder wie wenn die Bienen schwermen, und ein Geruch, lieblicher als der Rosen, ver-breitete sich in der Laube. Amor ließ sich auf einer silbernen Wolke, von vielen Liebes-Gœttern umflattert, vor der Laube nieder. Sie sassen theils auf die Aestchen, die um die Laube winkten, oder auf Blumen, wie Bienen auf die Blyte.

Jyngling! sagt' indessen Amor, ich bin es, dem die ganze Welt Altære baut; ich bin es, den alle Gœtter ehren; ich war es, der Apol-lens Aufenthalt unter den Hirten den Gœttern beneidens-wyrdig machte; ich bin es, der den Wiz schærft, und die Sterblichen menschlicher, und die Redlichen selbst in der Tugend fyhlender macht; mich ehret der Fyrst auf dem Thron, und der Hirt auf der Flur; das Feuer des Lasterhaften entflamm' ich, um ihn zu strafen; und dem Redlichen beselige ich sein Leben, mit der grœssesten Wollust, die den Sterblichen gewæhrt ist; wollystiges Verlangen, holde Wehmuth, schmachtend Entzyken. Aber noch wenig Sterbli-che haben mich so fyhlend verehret wie du; ich will dich beglyken; kein Sterblicher soll beglykt seyn, wie du. So sprach Amor, und verschwand.

Izt fyhlte der Jyngling, zærtlicher als zuvor. Eine sanfte Sehnsucht nach einer Schœnheit, die er nur noch dachte, unterhielt ihn in einer wollystigen Schwermuth. Izt gieng er, wenn die Vœgel den fryhen Morgen gryßten, und wenn der Mond schien in die Laube des Gottes der Liebe. So oft er des Morgens kam, so oft fand er einen frischen Blumen-Kranz auf dem Haupte seines Amors; er sah es erstaunt, und hielt es fyr eine glykliche Ahnung. Einsmals war er des Abends in der Laube, und dacht' an die Krænze, und entschloss sich, die Nacht bey dem Bilde zu wachen; er wachete lang, bis zur Stille der Mitternacht, da hœrt' er rauschen. Leise verbarg er sich hinter das Bild, und ein Mædchen schlich sich durch das Gebysche, das seinen Garten umkrænzte; mit leisen Schritten schychtern eilt' es der Laube zu; ein weisses Kleid dekte flatternd den schlanken Leib, und braune Loken walleten auf dem weissen Gewand und den entblœßten Schultern. Ein Mædchen von schlanker Længe, sie glich der Juno, aber ihr Ernst war lächelnder. Sie trat hinein in die Laube, und sah mit schmachtendem Auge die Bild-Sæule an. Amor! sagte sie, und seufzte, wie lang soll ich nur deine Schmerzen fyhlen? Ach! mein Herz yberfließt von Liebe, ich seufze, ich schmachte! Damon! ach, sæhest du die Thræne, sæhest du die zærtlichste Thræne, die von meinem schmachtenden Aug izt rollt! du wyrdest sie von den Wangen kyssen! du wyrdest seufzen, und mich lieben! Ach! wann soll ich, in seinen Arm hingesunken, glyklich seyn, und Amor, dich mit Freuden-Thrænen loben?

So sagte sie, und wand einen Blumen-Kranz um das Haupt des Amors. Damon hatte sie ganz entzyket behorcht, die Liebe saß mæchtig in sein bebendes Herz; er seufzte, und trat zitternd hinter der Bild-Sæule hervor, und sank mit umschlingenden Armen stumm an des Mædchens Busen, und fyhlte, daß er der seligste Sterbliche sey. Dieß war der Hirt, der die Mædchen und die Jynglinge von dem andern Ufer anfyhrte.

Izt stieg die Sonne hinter dem Berg hervor, und die Fluren lachten ihr entgegen, und Phillis trat izt aus ihrer Hytte hervor, und die Hirten und die Mædchen lachten ihr auch entgegen; Daphnis fyhrte sie an der Hand, schœn wie der junge Bachus, und lächelnd wie ein Liebes-Gott; die Mutter folgte ihnen auch, freudig und fast jugendlich lächelnd. Gepaart giengen sie izt alle in die Nachen; eine grosse Flotte schwamm izt yber den Fluß. Man sagt, es haben Liebes-

Gœtter in den Lauben auf den Nachen geschwærmt; das sanfte
Schyttern der Blætter, der Rosen-Geruch, und die muthwilligen
Spiele auf den Busen mit Bændern und Blumen haben sie verrathen.
Jeder hob izt sein Mædchen sanft drykend aus dem Nachen; Daph-
nis und Phillis giengen voran, und fyhrten sie auf den Hygel, wo
Amyntas der Phillis Mutter voll zærtlicher Freude, und mit offenen
Armen entgegen gieng. Sey mir gegryßt, sagt' er, beyde Hænde ihr
drykend, sey mir gegryßt, ô Weib des besten Freundes! welche seli-
ge Tage haben auf unser graues Alter gewartet! sey mir gegryßt!
Und Aristus und Philetas, dem Amyntas die Hytte geschenkt hat,
eilten der Phillis entgegen, und segneten und umarmten sie.

Die Jynglinge und die Mædchen stellten sich izt in rundem Kreis,
wie ein Blumen-Kranz um den Altar her, der dem Amor aufgebaut
war, und sangen Hochzeit-Lieder. Daphnis und Phillis stuhnden
vor den Altar hin; kein schœneres, kein zærtlicheres Paar hat noch
dem Amor geopfert; Krænze von weissen und rothen Rosen wanden sich um ihre Hæupter, und eine bunte Kette von Blumen hieng
von ihren Schultern herunter, und wand sich um ihre Hyften.
Daphnis hielt einen Dauber auf der Hand, und Phillis eine Daube;
sie wyrgten izt die Dauben, die die wyrgenden Hænde mit sanften
Flygeln schlugen. Phillis zitterte mitleidig beym Wyrgen, und izt
legten sie selbige auf den Opfer-Stein, bedekten sie mit wol rie-
chenden Gestræuchen, und gossen Honig und Oel daryber; jedes
Paar von den Mædchen und Jynglingen trat herbey, und legte einen
Blumen-Kranz auf das Opfer; es brannt' izt, und eine Wolke voll
sysser Geryche stieg mit den Hochzeit-Gesængen zum Olymp.

»O Amor! (sangen sie von Flœten begleitet) du sysser Gott der
Liebe! ô wie syss ist es, lieben und geliebet seyn! Es lieben die Gœtter in den Hainen und die Gœtter in den Flyssen; und die Nachtigall
singt von dir die stillen Næchte durch! Alles liebt, ô Amor! sysser
Gott der Liebe!

»Keimt nicht die Liebe schon im kleinen stammelnden Kind, das
læchelnd mit den Blumen spielt? Ja sie keimt wie eine junge Blume
am ersten Fryhlings-Tag in der Knospe? O Amor! sysser Gott der
Liebe!

»Wer nicht liebt, der lebt im œden Winter, der ist wie ein træger
Bach, der nicht rauschet, wie ein stummer Vogel, der nicht singt,

und wie ein dyrrer Baum, der nimmer blyhet. O Amor! sysser Gott der Liebe!

»Ihr, die ihr liebet und geliebet seyd, riechen euch die Blumen nicht lieblicher? Rauschen euch die Quellen nicht angenehmer? Singen euch nicht alle Vœgel Braut-Lieder? O Amor! sysser Gott der Liebe!

»Daß Pan eure Herden beschyze, und Ceres und Bachus eure Frychte und eure Reben, und daß die Haus-Gœtter freundlich in euern Hytten wohnen! Und du schwing deine Fakel yber sie, daß ihre Liebe nimmer erkalte, ô Hymen! sysser Gott der Ehen, ô Hymen!

Indessen hatten des Daphnis Vater und Aristus und Philetas an der Seite des Hygels dem Pan, dem Schuz-Gott des Feldmanns und der Herden, einen jungen Widder, die Hœrner mit Epheu und Tannreisern umwunden, geopfert; und die Mutter der Phillis thate stille Gebete der Gœttin der hæuslichen Geschæfte, und der weiblichen Geheimnisse.

Alle sammelten sich izt in der Laube, wo der Phillis Mutter wirthschaftlich einen langen Tisch mit schmakhaften Speisen, und Frychten und Blumen geschmyket hatte. Izt umkrænzten sie den Tisch, und Phillis und Daphnis sassen oben an, wie in einem wol gemachten Kranz die Lilie und die Rose mitten auf der weissen Stirne des Mædchens stehen soll. An ihrer Seite mußte des Philetas kleines Kind sich sezen; Anmuth und Freude lægchelten auf seinen Wangen; es lægchelte immer zu ihr auf, und kyßte ihre Hand. Dann saß das Alter, Aristus und der Phillis Mutter, und Amyntas und Philetas; Freundlichkeit und Freude verjyngten ihre Stirnen. Sanftes Lachen, Geschichten, die man dem nahe Sizenden erzelte, flystern in des Mædchens Ohr, herrscheten um die Tafel her; bald aber verlies die muntre Jugend die Laube, um frohere Spiele anzufangen. Theils tanzten sie alle im langen Kreis, mit vest gehaltenen Hænden. Daphnis war der erste im Kreis, und Phillis die lezte, dann schloß sich der Kreis, und dann kamen sie beyde zusammen, und kyßten sich, und dann tanzte der Kreis im Zirkel. Oder Phillis und Daphnis mußten mitten in dem Kreis allein tanzen, und die Mædchen und die Jynglinge tanzten um sie her; oder die besten Tænzer und Tænzerinnen traten auf und tanzten, die Tænze der Schnitter, oder des

Sæmanns, oder des Winzers, oder der Schiffer, und ahmeten im Tanz eines jeden Bewegung nach, und die ybrigen sangen ihnen die Lieder des Schnitters, des Sæmanns und des Winzers und der Schiffer dazu. In hurtigen Wendungen schwangen die Jynglinge die lachenden Mædchen im Zirkel, daß ihnen das leichte Kleid in die Luft flog. Ermydet vom Tanz giengen sie dann in die Laube, im kyhlen Schatten mit Frychten sich zu erfrischen, zu scherzen, oder sich Geschichte zu erzehlen.

Mein Schæfer hat sich einmal ybel betrogen, so sagt' ein Mædchen, und streichelte seinen Schæfer am Kinn; ybel hat er sich betrogen, so erzehlte sie der Phillis: Ich hatte ihm versprochen, zur gewissen Stunde ihn im Gebysche zu finden, aber der gute Schæfer mußte lang lang auf mich warten; endlich kam ich gelaufen, ohne Blumen, die Loken waren unordentlich, und der Kranz zerrissen. – Ja, unterbrach sie der Hirt, und der ganze Busen entblœßt. – – Ich wollt' ihm in die Arme hypfen, fuhr das Mædchen schamroth fort, da trat er zuryk, Schæfer! sagt' ich, ich konnte nicht eher kommen; Damœt, der liebe Damœt lief mir nach, als ich zu dir eilte, da hypft' er in meinen Schoos, und zerriß mir muthwillig den Kranz, und nahm die Blumen vom Busen, und riß die Bænder los; so sprach ich, und wollt' ihn umarmen; aber er floh, ganz zornig floh er. Schæfer flieh nicht, rief ich, er wird mir andre Blumen bringen! Da floh er noch schneller; ich sah ihm nach, er stampft' auf die Erde, und – – ja, unterbrach sie der Schæfer wieder, ich war zornig; die Grausame, sagt' ich, sie ist mir ungetreu, vielleicht schon lang, und sie betrog mich noch immer, izt hat sie es mir gesagt, und doch wollte sie mich umarmen, recht als ob es mir gleich viel wære; ich sagte noch viel, und lief zornig hin und her; irrend und mir unvermuthet stand ich wieder vor ihr; ich zitterte und weinte vor Zorn und Wehmuth; ich sah sie an, und sah ein kleines Kind auf ihrer Schoos spielen, und ihre Bænder zuschnyren, und Blumen auf ihren Busen pflanzen. Siehst du bœser Hirt, sagte sie traurig und zærtlich mich ansehend, siehst du, der kleine Damœt hat mir andre Blumen gebracht. Ist dieß Damœt, rief ich erstaunt, der dir die Bænder abgerissen? und war voll Scham und voll Entzyken yber den entdekten Betrug. – – Ja, sagt ich; ja, fuhr das Mædchen wieder fort, dieß ist Damœt, warum hast du dich erzyrnt, lieber Schæfer? aber gewiß, gewiß soll mich kynftig nichts aufhalten, weil du so bœse wirst. Da kamest du næher, und dryktest mir die Hand, und verbargest weinend dein Haupt in meine Schoos; je mehr ich sagte: heb dich auf Schæfer, daß ich dich kysse; je mehr weintest du, und sagtest, ich bin nicht werth, daß du mich kyssest. So erzehlte das Mædchen, und wandte sich zum Hirten, und kyßt' ihn.

Ach! wie syß ist es dann, sich so wieder zu versœhnen, sagte Phillis, indem sie den Daphnis kyßte; ja, sagte Daphnis, nie war ich entzykter, mein Kind! als da wir uns versœhnten, da uns Lamon betrog.

Mich hat einst mein Mædchen betrogen, sagt' ein Hirt, sein Mædchen auf der Schoos haltend, das bey der Erzehlung lachte. Ich lag einst am Fluß und schlief; plœzlich wekte mich eine Stimme. Hirt! sagte die liebliche Stimme, ach! so oft du hier am Fluß gehest, dann seh ich dir seufzend nach, und wenn du dich von dem Ufer entfernest, dann gleichet nichts meinem Schmerz; aber wenn du an dem Fluß schlæfst, ach wie froh bin ich dann! ich geh dann ans Ufer und kysse dich; ich kanns nicht længer verhelen, ich liebe dich, eine Nymphe liebet dich, ach! daß ichs gestehen muß! eine schœne junge Nymphe! Willst du mich nicht wieder lieben, junger Hirt? Ich kann, ich kann dich nicht lieben, Nymphe, sagt' ich, ich liebe schon ein schœnes Mædchen. Aber, fuhr die Nymphe fort, wenn du mich sehen wyrdest, wenn du meine grynen Loken sehen wyrdest, wie sie um den schneeweissen Ryken und um die schlanken Lenden flattern, wenn du die rothen Wangen, den Mund, die blauen Augen sehen wirst, dann wirst du gern dein Mædchen an eine Nymphe vertauschen. Ich kann dich nicht lieben, sagt' ich wieder, Nymphe, zyrne nicht, und wenn du schœn wærest wie eine Huld-Gœttin, und wie die Venus selbst; ich liebe meine Cloe, und wyrde sie nicht fyr die ganze Welt verlassen; ich will, du arme Nymphe, ich will den Fluß verlassen, und nicht wiederkommen, bis dich deine Liebe verlæßt. Du Grausamer! sagte die Nymphe, ich will dich auf dem Land verfolgen, die Wald-Gœtter sollen dir die Schafe rauben, und dich in den Fluß tragen. Ach! sagt' ich, und wenn mir die Wald-Gœtter auch das Leben rauben myssen, so kann ich doch niemand als meine Cloe lieben; sie myssen dir die Cloe rauben, wollte die Nymphe fortfahren, als die Worte sich in ein lautes Gelæchter verlohren; da trat meine Cloe, beyde Seiten haltend, laut lachend hervor; ich konnt' es nicht længer, sagte sie, lieber Hirt! – – Ja, unterbrach ihn izt das Mædchen, ich mußte lachen, bald wær er yber die Nymphe bœse geworden; aber wie entzykt war ich da, als ich deine zærtliche Treu so erfuhr, sagte sie, ihn an die Brust drykend.

Unter solchen Freuden næherte sich der Abend, und der Mond trat still herauf; da sammelten Daphnis und Phillis alle Mædchen und alle Hirten wieder in die Laube von Wachholder-Gestræuch. Die Melone im grynen Nez, in einem Kranz von Trauben, lachete ihnen von der Tafel entgegen; roth-wangichte Aepfel und Birnen; der Granat-Apfel mit der grynen Krone und der gespaltenen Brust; die sysse Feige, und alle Frychte, die der milde Herbst anbot, Frychte in glatten und wollichten Hylsen, oder in harten Schaalen, stuhnden da in langer Reihe, in Schysseln, mit Blumen und wolriechenden Kræutern vermischet, und Kryge voll Wein und Most, mit dem geheiligten Epheu des Reben-Gottes umkrænzet, stunden hoch aus den Schysseln empor.

Als sie sich um die Tafel her lagerten, da trat Damon zum Daphnis, der Jyngling mit der elfenbeinernen Leyer und der den Amor geschnizt hatte; Da, Freund! (sprach er, indem er ihm einen geraumen Becher gab,) da nimm den Becher; ich hab ihn fyr dich geschnizt, er soll das Zeichen unsrer Freundschaft seyn, er soll voll Wein um die Tafel hergehn; und jeder, der trinkt, soll ein Lied singen. Daphnis nahm den Becher voll Freude: Deine Freundschaft ist mir sehr schæzbar; Damon! sprach er, den Becher in der Hand drehend, die kynstliche Arbeit zu bewundern; der frohe Lyeus war da herausgeschnitten, auf seinem Wagen von schmeichelnden Tigern gezogen; seinem Wagen folgte Silen, possirlich lachend, und lachende Faunen hielten ihn auf beyden Seiten unter den Achseln aufrecht auf dem Esel. Ein durch einander hypfender Trupp von Nymphen und Satyren und Faunen folgte muthwillig dem Silen, mit Thyrsusstæben, und Zaubertrommeln, und Klapperschalen und Flœten, oder mit Weinschlæuchen auf den Achseln. Ueber ihnen an dem Blumen-Kranz, der an dem obern Rand des Bechers geschnizt war, flatterten Liebes-Gœtter, die Blumen herunterstreuten; Amor flatterte in ihrer Mitte, und schoß Pfeile nach den Nymphen, die ihm theils muthwillig entgegen lachten, theils ihn zu fliehen schienen, aber schalkhaft sich umsahn, ob sie noch nahe genug wæren, von ihm bemerket zu werden.

Izt goß Daphnis voll Freude schæumenden Wein in den Becher, und sang: – – »Du Wein! (so sang er) ô wie bist du lieblich, in den Armen meines Mædchens! und wenn dich sein Kuß begleitet, ach! dann trink ich lauter Freude; denn der Kuß des lieben Mædchens, œffnet schnell mein Herz der Freude. Ich will an dem Fuß des Hygels eine heilige Laube pflanzen, fyr Lyeen und fyr Amorn, und will sie von Reben pflanzen, und dann will ich in der Laube, in dem Schoosse meines Mædchens, Amorn mein Entzyken danken, und Lyeen meine Freude.

So sang er, und gab den Becher der Phillis, sie nahm ihn læchelnd und sang: –»Du Rose! (so sang sie) ja du riechest lieblich, wenn dich nur mein Daphnis pflyket; und wenn er mich freudig kyssend dich auf meinen Busen pflanzet, ach! dann riech ich lauter Freude; denn, der sysse Kuß des Schæfers, œfnet schnell mein Herz der Freude. Pflanze, Schæfer, eine Laube fyr Lyeen und fyr Amorn, ich will dann dem Gott der Liebe, Rosen zu den Reben pflanzen, und will dann in deinen Armen, Amorn mein Entzyken danken.

So gieng der Becher um die Tafel her, und mehrte den Muth, das Lachen und den Scherz; alle sangen lustige oder verliebte Lieder; ein loser Jyngling sang: – »Bald hætt' ich dich geliebet, du sprœdes, bœses Mædchen! doch sey nur sprœd und bœse, verachte nur die Liebe! du magst, du magst mich fliehen, seit du beym tiefen Brunnen, den Schafen Wasser schœpftest; da du dich immer bykend den Eimer aufwærts zogest, da sah ich, armes Mædchen! dir in den leeren Busen.

Ein kleines junges Mædchen sang zart, wie die junge Lerche: »Ich will nicht lieben, so sag ich immer; seh ich die Vœgel auf Aesten schnæbeln, dann sag ich immer: Ich will nicht lieben. Seh ich den Schæfer, den braunen Schæfer, dann sag ich: Schæfer! ich will nicht lieben. Ach! sagt mir, Mædchens! die ihr schon liebet, ich hab', ich habe ja nichts zu fyrchten, wenn ich gleich seufzte, so oft ich sage: Du brauner Schæfer! ich will nicht lieben.

Der Becher war izt an den Damon gekommen, der ihn geschnizt hatte. Damon! (riefen alle Mædchen und alle Jynglinge) du must das Lied auch spielen; wo ist deine Leyer? Ich mag, ich mag nicht spielen; ich will ohne die Leyer singen, sprach er, als ein loses Mæd-chen ihm seine Leyer læchelnd in die Arme legte; alle Mædchen und alle Jynglinge klatschten in die Hænde, und riefen: Du must, du must izt spielen; er nahm die Leyer, und stuhnd auf; alles schwieg izt aufmerksam, kaum rauschte ein Band, oder ein Blatt am Kranz, und izt hub er an, in seine Leyer zu singen.

»Ihr Mædchen und ihr Jynglinge! liebet und trinket, daß euch das Herz voll Entzyken hypft, daß Freude auf Stirn und glyhenden Wangen lacht. Denn glaubts ihr Jyngling', ich sah, ich sah Lyeen, den jugendlichen, den frohen Gott; er lag da, halb mit Schatten bedekt, in der grynen Laube; auf einen Weinschlauch hingelehnt, von Ranken umflattert; læchelnd lag er da, und Amor læhnte den einen Arm auf Lyeens Knie, und wand sich mit dem andern ein Reb-Schoß ums Haupt. Trunkene Faunen taumelten um die Laube her, und tanzten mit Nymphen, und bykten sich im Tanz, und huben die stræubenden Nymphen hoch empor, und kyßten sie ans schlagende Herz. Amor! sprach izt Lyeus, ach Amor! ja, ohne dich ist auch der Wein blœde. Ach wie müssig, wie leer ist das Herz, das nicht vor Liebe pocht! Auch der Nektar, der Nektar selbst ist blœde; laß Amor, laß mein Herz nimmer, nicht einen Augenblik ohne Liebe seyn. Ja wenn ich liebe, wenn ich liebe, dann fyhl ich, daß ich Lyeus bin, der Gott des Weins und der Freude. Lyeus! sprach izt Amor, Lyeus! dein Wein, was hab ich dem zu danken! du giebest dem Blœden Muth; die Liebe, die izt sterben will, rufst du ins Leben zuryk; selbst dem erkalteten Greis lachet beym Trunk die Liebe, wie die weichende Sonne im Abend-Roth, zuryk. Du, du schærfest die Freuden, du wyrzest den Kuß; ja wenn ich trinke, wenn ich trinke, dann fyhl ich, daß ich Amor, der Gott der Liebe und des Entzykens bin; so sprachen die Gœtter. Ihr Mædchen und ihr Jynglinge! liebet und trinket, daß euch das Herz voll Entzyken hypft, daß Freude auf Stirn und glyhenden Wangen lacht.« So sang der Jyngling, und trank.

Die Jynglinge und die Mædchen sassen lang, als ob sie noch horchten. So freuten sie sich, und sangen, und tranken, und kyßten, bis der Mond weit heraufgestiegen war; und da verliessen sie die Laube, und begleiteten den Daphnis und die Phillis vor die hochzeitliche Kammer, durch einander hypfend, und flœtend und singend, wie die Bachanten auf den Weinbergen. O Hymen! sangen sie, sysser Gott der Ehe! ô Hymen! die Dryas lispelte harmonisch im Laub, und die Nachtigallen sangen auf nahen Bæumen Brautlieder.

## Über tredition

### Eigenes Buch veröffentlichen

tredition wurde 2006 in Hamburg gegründet und hat seither mehrere tausend Buchtitel veröffentlicht. Autoren veröffentlichen in wenigen leichten Schritten gedruckte Bücher, e-Books und audio-Books. tredition hat das Ziel, die beste und fairste Veröffentlichungsmöglichkeit für Autoren zu bieten.

tredition wurde mit der Erkenntnis gegründet, dass nur etwa jedes 200. bei Verlagen eingereichte Manuskript veröffentlicht wird. Dabei hat jedes Buch seinen Markt, also seine Leser. tredition sorgt dafür, dass für jedes Buch die Leserschaft auch erreicht wird.

Im einzigartigen Literatur-Netzwerk von tredition bieten zahlreiche Literatur-Partner (das sind Lektoren, Übersetzer, Hörbuchsprecher und Illustratoren) ihre Dienstleistung an, um Manuskripte zu verbessern oder die Vielfalt zu erhöhen. Autoren vereinbaren direkt mit den Literatur-Partnern die Konditionen ihrer Zusammenarbeit und partizipieren gemeinsam am Erfolg des Buches.

Das gesamte Verlagsprogramm von tredition ist bei allen stationären Buchhandlungen und Online-Buchhändlern wie z. B. Amazon erhältlich. e-Books stehen bei den führenden Online-Portalen (z. B. iBookstore von Apple oder Kindle von Amazon) zum Verkauf.

Einfach leicht ein Buch veröffentlichen: **www.tredition.de**

## Eigene Buchreihe oder eigenen Verlag gründen

Seit 2009 bietet tredition sein Verlagskonzept auch als sogenanntes "White-Label" an. Das bedeutet, dass andere Unternehmen, Institutionen und Personen risikofrei und unkompliziert selbst zum Herausgeber von Büchern und Buchreihen unter eigener Marke werden können. tredition übernimmt dabei das komplette Herstellungs- und Distributionsrisiko.

Zahlreiche Zeitschriften-, Zeitungs- und Buchverlage, Universitäten, Forschungseinrichtungen u.v.m. nutzen diese Dienstleistung von tredition, um unter eigener Marke ohne Risiko Bücher zu verlegen.

Alle Informationen im Internet: **www.tredition.de/fuer-verlage**

tredition wurde mit mehreren Innovationspreisen ausgezeichnet, u. a. mit dem Webfuture Award und dem Innovationspreis der Buch Digitale.

tredition ist Mitglied im Börsenverein des Deutschen Buchhandels.

## Dieses Werk elektronisch lesen

Dieses Werk ist Teil der Gutenberg-DE Edition DVD. Diese enthält das komplette Archiv des Projekt Gutenberg-DE. Die DVD ist im Internet erhältlich auf **http://gutenbergshop.abc.de**

Zeitfracht Medien GmbH
Ferdinand-Jühlke-Straße 7
99095 Erfurt, Deutschland
produktsicherheit@kolibri360.de